ラルーナ文庫

異世界で
王子様と子育てロマンス!?

柚月美慧

三交社

CONTENTS

Illustration

上條ロロ

異世界で王子様と子育てロマンス!?

本作品はフィクションです。
実際の人物・団体・事件などにはいっさい関係ありません。

第一章　恋は空から降ってくる

雨が降っている。

けれども自分は晴れ男なので、いずれ雨も止《や》むだろうと、心の中で確信していた。

そんな能天気なところが、良くも悪くも大森凜奈《おおもりりんな》のいいところなのだが、他の人たちは雨が気が気でないようで、軒先から空を見上げていた。

しかし凜奈は、地元商店街を傘をさして歩いていく。

しかも今日は早めに店を閉め、素敵なものを肴《さかな》にビールを飲む予定なのだ。

だから気分もいい。

よって、ついつい幼い頃に習った歌を、口ずさんでいた。

るるるん、らららん
るんるん、らんらん
今日は素敵な雨日和《びより》

新しい傘も、飴《あめ》（雨）玉弾《はじ》いてよろこんでる
るるるん、らららん
るんるん、らんらん
さぁ、行こう。長靴鳴らして
魔法の国はもうすぐだ

ビニール傘をさしながら、凜奈は長い睫毛《まつげ》を伏せ、小さな声で歌った。

濡《ぬ》れた縁石の上を楽しそうに歩きながら。

すると、

「はっ？」

突然、目の前に何かが轟音《ごうおん》とともに落ちてきて、凜奈は思わず傘とエコバッグを放り出し、自分の身体《からだ》を守るように抱き締めた。

「な、何？　何が起きたの？」

黒い瞳《ひとみ》をぱちくりさせながら、何かが落ちてきたゴミの集積所に、じりっ……と近づいた。

こんな時に限って周囲に人はおらず、確かめるのは凜奈の役目とばかりに、神様が言っ

ているようだった。

落ちてきたのは、身長が二メートルはありそうな大男と、五歳ぐらいのおかっぱ頭の少年だった。

そして、落ちてきた大男は起き上がった途端、ともに落ちてきた腹の上にいる少年に叫んだ。

「――大馬鹿者が！　地球に着地する時『痛くない』と申したのは、どこのどいつだ!?　おもいっきり腰を打っただろうが！　打ち首にするぞ！」

「申し訳ございませーん！　『痛くない』と言ったのは、拙僧でございます！」

熊のような大男に、空気が震えるほど大声で怒鳴られて、おかっぱ頭の男の子は、天を仰いで泣き出した。

正義感の強い凜奈はどんな事情があろうと、幼子を怒鳴りつける大人が大嫌いだ。悪だとすら思っている。

「ちょっと！　小さな子を怒鳴りつけるなんて、あなた最低ですね！」

急いで駆け寄り、凜奈は「えーん、えーん」と泣き続ける子どもを抱き締めて、大男を思いっきり睨《にら》みつけた。

「五百七十歳だぞ」

大男は、日本ではあまり見ない明るい茶髪をかき上げて、呆《あき》れたようなため息をついた。

「は？」

「そいつ。見た目は子どもだが、中身は五百七十を超えた狸《たぬき》じじぃだからな。騙《だま》されんな」

「……五百七十歳を超えた、狸おじいさん？」

大男が何を言っているのかわからないまま幼子を見ると、彼はすでにケロッとした顔で凜奈の膝《ひざ》からするりと下りた。

「それではまいりましょうか？　アレクシス様」

「そうだな」

「これ、そこの青年」

「は、はい」

白とも青ともつかない、不思議な目と髪の色をした幼子に突然呼ばれて、凜奈は雨が降っているのも忘れてそちらを見た。

「お前の家に案内せい。本日からお前の家を、アストラーダ王国第一王子であらせられる、アレクシス・フォン・アストラディアン様の住まいにする。ありがたく思えよ」

「…………は？」

聞こえたのは確かに日本語なのに、内容がまったく頭に入ってこない。

今、すっごく身勝手なことを言われたような気がするのだが……？

「おい、お前。俺たちの言葉は通じているか？」

癖のある髪から雨の雫《しずく》を滴らせ、出で立ちも服装も立派な『王子様』が立ち上がった。

「はい、通じます」

「ほぅら！　拙僧めの呪術《じゅじゅつ》は完璧《かんぺき》……」

と、言いかけたところで、幼子は大男に抱き上げられ、口元を手で塞《ふさ》がれた。

「信じられないだろうが、俺たちは異世界から大事なものを探しにきた。だから住むところも今夜寝る場所もない。大変申し訳ないが、今夜そなたの家に泊めてもらえないだろうか？」

大男の穏やかな声は、するりと凜奈の耳に入ってきた。

頭にも。

心にも。

「……せ、狭いところですがどうぞ……」

絹のような黒髪をずぶ濡れにしながら、凜奈はしっかりと黒目を向け、大男……アレクシスに頷《うなず》いた。

「ありがとう、感謝するぞ」

美しい榛色《はしばみいろ》の瞳が優しく眇《すが》められた。

大男で、大声で怒鳴るような怖い人なのに、なぜ凜奈は、この時素直に首を縦に振ったのかわからない。

しかし彼の榛色の瞳が、空から人が降ってくるという信じられない出来事を信じさせ、彼の人柄さえも真っ直《す》ぐで、少し怖いけれど真摯《しんし》な人物だと思わせたのだ。

彼は跪《ひざまず》くと、凜奈の手を取って優しく甲にキスをした。

こんなことをされたことがない凜奈は驚いたが、アルファやベータ、オメガがいるこの世界では珍しくない。男性が女性にするように口づけたから驚いただけで、地球でも、目上の者が目下の者を労《ねぎら》うことはある……ちょっと今のは違うような気もするけれど。

そして傘を拾うと、凜奈は投げ出してしまった夕飯の材料が入ったエコバッグを拾い上げ、腰が痛てぇ……と精悍《せいかん》な顔を歪《ゆが》めて苦笑する彼と、小さな狸おじいさん（？）と一緒に帰宅したのだった。

アレクシスの誠意ある眼差《まなざ》しを信じて。

＊＊＊

「粗茶ですが……」

ダイニングテーブルに座るアレクシスの前に麦茶を出すと、アレクシスはそれを不思議そうにまじまじと見た。琉球《りゅうきゅう》ガラスのコップに注がれた麦茶を。

そんな彼の腰には今、たくさん湿布が貼《は》られている。

念のため近所のかかりつけ医に行ったら、老年の先生に「立派なこすぷれだねぇ」と感心されたが、こんなにも上質な布が使われたコスプレ衣裳など、凛奈は知らない。

そもそも本当のコスプレ衣裳も見たことがないのだが、彼が着ている服は買うとすれば何十万もしそうな代物だった。

「それでは、遠慮なくいただくぞ！」

麦茶を覗《のぞ》いていたアレクシスが、意を決したようにコップに口をつけた。

するとこの香ばしさが美味《うま》いと言って、何杯もお代わりをせがんだ。

そうして満足すると、やはり本物の貴族なのか!?　と思わせるポーズで、ソファーセットの長椅子《ながいす》に腰を下ろした。

そんな彼の前にお代わりの麦茶と、歌舞伎揚げとすあまもテーブルの上に出してみた。異世界の人が何を飲んで何を食べるか、凜奈には皆目見当がつかなかったからだ。

「いやぁ。それにしても、この世界の風呂《ふろ》も小さいが気持ちが良かったな」

「はいでございます」

とりあえず築二十年の一軒家に連れて帰り、給湯器の使い方をまったく知らない二人を風呂に入れた。

それから凜奈は、大柄だった父親の甚平をアレクシスに着せ（それでもつんつるてんだが）、従姉妹《いとこ》が昔残していった可愛《かわい》らしい花柄の甚平をカイルに着せた。

カイルはまるで女の子のように可愛らしい容姿をしているので、花柄の甚平がよく似合う。しかも色はピンクだ。

「寒くないですか？　夏とはいえ雨に打たれたんです。風邪《かぜ》をひいていないといいんだけど……」

床に正座し、おぼんを膝の上に乗せたまま問うと、アレクシスに見つめられた。

「お前の方こそ大丈夫か？」

「えっ？」

「お前も長時間雨に打たれていたんだ。身体は大事ないか？」

アレクシスに心配されるとは思っていなかったので、驚いた凜奈は何度も首を横に振った。

「だ、大丈夫です。お二人をお風呂で温めているうちに、僕も十分温まりましたから」

「そうか。それならよかった……が、バタバタしていて、そなたの名前を聞き忘れていたな」

今更のように思い出し、アレクシスは麦茶をまた飲んだ。

「凜奈です。大森凜奈」

「凜奈か、素敵な名だな。今日は助けてくれてありがとう」

「い、いえ！　こちらこそ、名前を褒めてくださりありがとうございます」

真正面から微笑《ほほえ》まれ、思わず赤くなる。

「アレクシス様！　このような下々の者にお礼など言ってはなりませんぞ！」

「本当にうるさい奴だな、カイルは」

そう言って笑うアレクシスを見つめながらも、凜奈の頬《ほお》の熱は引かなかった。

そうなのだ。

アレクシスは、見つめられるとドキドキするほどのイケメンなのだ。

彫りの深い顔立ちに、キリリとした太く男らしい眉《まゆ》。はっきりとした二重の目。瞳は綺《き》麗《れい》な榛色で、光の当たり方によって色も不思議と違って見える。

鼻筋は整っていて、頬のラインもシャープで、肉感的なその唇は、本当に映画の中から出てきた王子様のようだった。まるでシンデレラの王子様のようだ。

しかも先ほど風呂場で見た彼の身体は、岩のように筋骨隆々で、同性として悔しくなった。あの身体つきはきっと、何事にも優れているアルファの証拠だ。

さっき、アストラーダ王国の第一王子だと言っていたもんな……と凜奈は思い出す。やはり代々国王様になる人はアルファが相応《ふさわ》しいのだろう。

ちなみに凜奈は、どんなに頑張っても筋骨隆々になれないオメガだ。

オメガは中性的な美しさを持つ者が多く、身体つきも華奢《きゃしゃ》で、どんなに鍛えても筋骨隆々にはなれない。

この世には、男女を分ける性別以外にもバース性というものがあって、頂点に君臨し、何事にも優れている遺伝子を持つ者をアルファ。平民をベータ。そしてベータの女性同様、男女関係なく出産できる凡人をオメガという。

江戸末期までは酷《ひど》い人種差別や階級制度があったらしいが、鎖国が解かれるとともにそれもなくなった。

本当にありがたい。

時々、「まぁ、俺アルファだし。なんならオメガのお前と付き合ってもいいぜ」みたいな感じで迫ってくる、時代錯誤な奴もいるけれど、今は発情期を迎えても、よく効く発情期抑制剤を飲んでいればまったく問題はないし、おしゃれなネック《首》ガード《輪》をして楽しんでいるぐらい、オメガは平和だ。

昔のオメガは、アルファを確実に産むことができる体質のせいで、一か所に集められ、時の権力者の子どもを有無も言わせず産まされたらしい。なんと恐ろしい時代だったか。

夕食時になり、たまたま三枚入りで売っていた鮭《さけ》の西京漬けを焼き、ほうれん草の胡麻《ごま》和《あ》えとなすの味噌《みそ》炒《いた》め、きゅうりの浅漬け。そしてとっておきの牛時雨《ぎゅうしぐれ》を出してやる。味噌汁はなめこと豆腐。白米は炊き立てだ。

「こんなものしかありませんが……」

異世界から来たのだから箸《はし》が使えないだろうと、フォークとスプーンも出してやる。すると「こんな粗末な食事を、アレクシス様にお出しするなんてっ！」とカイルはプリプリしていたが、スプーンで味噌汁を飲んだアレクシスは、腹の底からホッとするようなため息をついた。

「これはなんだ？　ものすごく美味い。温かくて、塩味もちょうどよく、特にこのきのこが美味いな」

「『なめこの味噌汁』っていうんですよ」

「『なめこの味噌汁』か……」

呟《つぶや》くと俄然《がぜん》食欲が湧《わ》いてきたのか、アレクシスはご飯を三杯もお代わりし、おかずもすべて平らげた。とっておきの牛時雨もあっという間に消えた。

文句を言っていたカイルも、お代わりまではいかなかったが、美味そうに全部食べていた。「まぁまぁだな」と言い、頬《ほ》っぺたにご飯粒をつけながら。

その時だ。

ひゅるるるるるるる………どーーーーーん!! という大きな音が縁側越しに聞こえ、三人は振り返った。

雨はいつの間にか止んでいた。

カエルがケロケロとどこかで鳴き、雨上がりの土の香りがほのかに鼻を突いた。

本日のとっておきの肴が河川敷で上がり始めると、アレクシスもカイルもこの様子に驚いていた。地球では、こんな季節に花火大会をするのか、と。

どうやら二人が住むアストラーダ王国では、花火は冬の風物詩らしい。

しかし、美しい肴には変わりないので、三人で縁側に座り、ビールを飲みながら花火を見た。

カイルはアレクシスの側近中の側近であり、聖職者なので、アルコールは飲めないそうだ。だからカイルにはカルピスを入れてやった。

「異世界の花火も、これまた綺麗でございますな」

「そうだな。あの花火は我が国のものより大きいのではないか？　持って帰って研究させねば」

「それにはかなり頑丈な移動空間を作らねばなりませんな。国にいる僧侶《そうりょ》たちにも手伝わせましょう」

「しかし、それ以外にも持って帰って研究したいものがたくさんあるぞ。まずは麦茶工場を国に作らせよう」

「そうですな。それにこの白い液体も完全再現させねば！」

口々に好き勝手なことを言っていたアレクシスとカイルだったが、端整な顔の彼は、ふっとあることに気づいたらしい。

「凜奈、そなたの家族は？　どこかへ出かけているのか？」

「いいえ、いませんよ。父と母と姉がいたんですが、僕が二十歳《はたち》の時に車の事故で。生き残ったのは僕だけだったんです」

「そうだったのか……すまない。辛《つら》いことを言わせてしまったな」

「いえ。もう一年以上経ちますし。心の整理もつきました」

必死に笑顔を作って微笑むと、アレクシスは凜奈よりも悲しそうな顔をした。

本当は嘘《うそ》だ。

まだまだ両親に会いたい。

優しかった姉にも会いたい。

「凜奈の両親と姉はなんという名だ?」

「えーと、父は総一郎《そういちろう》。母は悦子《えつこ》、姉は凜音《りおん》です」

「わかった。しかと覚えておこう」

「?」

アレクシスがひどく真面目《まじめ》な顔で言うので、凜奈は首を捻《ひね》った。

その時、とととととと……とカイルがやってきて、カルピスのお代わりをせがんだ。

「美味い!　美味いぞ!　これは!　この液体はなんというのじゃ!?」

甘酸っぱくてごくごく飲めると、カイルはずいぶんカルピスを気に入ったらしい。こんな飲み物は我が国にはないと。

そんなほくほく顔のカイルからコップを受け取ると、凜奈は立ち上がり、お代わりが我慢できないカイルを連れて、台所へと向かった。

家族のような存在がいるのは、久しぶりだなぁ……と思いながら。

「おやすみなさい」

縁側で花火を見ながら眠ってしまったカイルを連れて、客間に二組の布団を敷いた。

「あぁ、おやすみ」

カイルを布団の中にしまい、優しくとんとんと叩《たた》いてやったアレクシスは、襖《ふすま》を閉めようとした凜奈を呼んだ。

「何かありましたか？」

訊《たず》ねると、布団の上にあぐらをかいたカイルが、自分の隣をそっと叩いた。

きっと、ここに来て座れ……ということなのだろう。

凜奈はほんの少しの警戒心と、ドキドキと一緒にアレクシスの隣に正座した。

「凜奈は本当に美しい顔をしているな」

「あ、ありがとうございます……」

突然褒められて、驚いた。

確かに、凜奈はここいら辺では、目を引くほど美しい顔をしていた。

すっと通った鼻筋、切れ長で色気のある艶《つや》やかな目元。そして紅をさしたような美しい唇。

花に例えるなら、豪華で華やかな芍薬《しゃくやく》というよりは、凜とひとりで咲く、百合のような美しさがあった。

（なんだろう？　もしや僕がオメガだから、手を出そうというのか？）

ほんの少し距離を取りながら凜奈が逃げの体勢をとると、「いやいや、安心しろ。そういうことではない」とアレクシスは笑った。

「凜奈は美しいから、きっと凜奈のご家族も美しい顔をしていたのだろうな……と」

「あ……母と姉は綺麗だったと思います。父は厳《いか》ついアルファで、僕に全然似てませんでした」

「でも、良いご家族だった」

「えっ？」

「小さな家だが、居心地がいい。それは丁寧に隅々まで掃除されているからだ。その掃除の仕方を教えてくれたのは誰《だれ》だ？」

「母です」

「我がままで、えばってばかりいる小さなカイルの相手も、何気なくしている。それはきっと凜奈が、そのように姉上に可愛がられて、自然と身についたものだと思う」

「アレクシスさん……」

「アレクでいいよ。親しい者たちは、みな俺をアレクという。だから友人の凜奈も、俺のことはアレクと呼んでくれ」

「友人？」

「いや、それ以上だな。アストラーダ王国から落ちてきて拾ってくれて、ここまで良くしてくれたのだから、命の恩人と言っても過言ではない」

「そんな……僕は雨と一緒に降ってきた人に、興味が湧いたから」

「興味？」

「はい。しかも異世界だなんて……いいなぁ、異世界。どんなところなのかな？」

「凜奈は変わっているな。いや、好奇心が旺盛《おうせい》なのか？」

読書家だった姉の影響で、凜奈は小さい頃から魔法の世界や異世界の物語をたくさん読んできた。

今では二十二歳になり、ひとりで家業の生花店を切り盛りしながら生活しているが、夢見がちなところはまだまだ残っていて、小さい時に習った歌や、絵本に載っていたお気にいりの文章を、ついつい口ずさんでしまうこともある。

茶色い合皮でできたネックガードに触れられ、凜奈はびくっと身体を揺らした。

バース性の中でも、特にアルファにうなじを噛《か》まれたオメガは、それ以外の者と結ばれることができなくなってしまう。

だからそれを防ぐために、今でもおしゃれ感覚でネックガードをつける若者は多い。

性が……昔に比べてバース性も男女性も最近は曖昧《あいまい》になり、軽んじられている昨今だが、だからといって昔のように地獄の階級制をとれ、などとは思わない。

凜奈も自分の性が男性で、バース性がオメガであることを忘れてしまうことが時々ある。性とは実は、そんな曖昧な程度でいいのかもしれない。

ネックガードに触れたアレクシスの手はそっと離れていき、それは優しい笑みへと変わっていった。

「いつか連れていってやろう、我がアストラーダ王国へ。この日本のように四季があり、海の食べ物も美味いぞ。それに何より花畑が美しいんだ。温泉もある。美しい雪山も」

「すごい！　最高じゃないですか！」

凜奈が喜ぶと、アレクシスの頭からぴょこんと茶色い狼《おおかみ》の耳が生えてきた。

「わっ！　アレクは異世界から来ただけでなく、もしかして獣人なんですか？」

そして凜奈がその耳に触れると、今度はモフッと尻尾《しっぽ》が生えてきた。

このツヤツヤとした美しい毛並みの狼の耳と尻尾は、アストラーダ王国国王の末裔《まつえい》である証拠なのだそうだ。

国王になる者以外には決して狼の耳と尻尾は生えない。

アレクシスとカイルがやってきたアストラーダ王国は、獣人と人間が混在する国で、五歳を超える頃に、獣人は耳と尻尾がポンッと突然生えるのだそうだ。

例えば、父親がうさぎだとうさぎが生まれ、猫だと猫が生まれる。王家も同じく何千年という昔から、狼がアストラーダ王国を統治しているらしい。

人間の耳を偽って作ることもできるが、それは人間に会う機会がある高尚なアルファのみで、他の者たちは毎日自由にのびのびと、多種多様なケモ耳とケモ尻尾で生活しているらしい。

「いいなぁ。僕にも耳と尻尾があればいいのに」

そう言いながら、アレクの耳と尻尾を思う存分モフモフと触らせてもらうと、ぐっすり眠ってしまったカイルの頭にも、ぴょこんと狸の耳が生えているのが見えた。

「ほら、狸ジジィだろ」

「本当だ」

そう言って二人で笑い合ったあと、アレクシスが穏やかな声で言葉を紡いだ。

「本当は、まだまだご家族に会いたいのだろう？」

「えっ？」

先ほど、家族のことを聞かれた時。まったく平気な振りをすることができた。笑顔だって浮かべることができたのだ。

それなのに、アレクシスは凜奈の本当の気持ちを見抜いていたというのか？

「大事な家族を失って、一年ちょっとで心が凪《な》ぐはずがない。こっちへ来い凜奈」

そう言われて近づくと、ひょいと膝の上に座らされた。

「泣いていいんだぞ。ご両親を思って。亡き姉上を思って。ここには俺たち以外誰もいないから。泣いてもいいんだ……」

背中を優しく叩かれて、凜奈の目尻《めじり》にじわっと温かいものが浮かんだ。

「……なんで出会って間もない僕に、こんなふうに優しくしてくれるんですか？」

問うた声は、すでに涙に濡れていた。

「俺とカイルを助けてくれた礼だ。あと麦茶のな」

「アレク……」

凜奈はアレクシスの甚平の胸元を摑《つか》むと、声を上げて泣いた。

わんわんと、幼子のように。

一瞬カイルが起きてしまうかと思ったが、彼はいびきをかいて眠っていた。

だからもっと泣いた。

両親と姉の葬儀の時にもこんなに泣かなかったのに、心がからっぽになるまで凜奈は泣いた。

すると本当に心がからっぽになったように軽くなって、やっと凜奈は泣き止むことができたのだ。

「明日からは、本当の笑顔を浮かべることができそうか？」

「えっ？」

アレクシスは出会ってからの短時間で、凜奈の笑顔が偽物であることに気づいていたのだ。

本当は寂しくて、悲しくて。

家族を失って笑いたくなんてないのに、笑わなければならない現実に苦しんでいることに気づいてくれていたのだ。

「はい。明日からは本当の笑顔で生きていけそうです」

「しーっ！　カイルが起きてしまうぞ」

大声で宣言した凜奈の唇に、アレクシスは笑いながら人差し指を当てた。

ドキッとした。

こんなにドキドキしたのは初めてだった。

涙で甚平を濡らしてしまったので、凜奈はアレクシスを浴衣《ゆかた》に着替えさせた。

今度はサイズもぴったりで、凜奈はそっと襖を閉めた。

アレクシスには、何か不思議な力でもあるのだろうか？

彼の胸の中で泣いただけなのに、もう心は晴れていた。

夏の青空のように。

部屋に戻り、寝間着用の甚平に着替えると、凜奈は窓から月を見上げた。

そして、カイルの狸の耳が本当に可愛かったので、それを思い出して、凜奈はベッドの中で笑った。

こんなに素直に笑ったのは、どれぐらい振りだろうと思いながら。

＊＊＊

まるで、まどろみの中をふわりふわりと漂っているような、そんなおっとりした性格が凜奈の良いところだ。頼りないと言われることもあるが……。

しかし、今日は頭から角を生やして叱《しか》りたいことが何度もあった。

朝、今後どうするのか、という話を三人でし、カイルは朝ご飯でぽんぽこりんになった腹でふんぞり返りながら、

「ここにいながら、アレクシス様の大事なものを探せばいいではありませんか」

と、決まりきったような態度で言った。

「それでもいいのだが、せっかく地球に来たのだ。地球人の生活もしてみたい」

「えぇっ！」

凜奈とカイルは同時に声を上げた。

王子様が平民の振りをして仕事をするなんて……テレビドラマや小説の中でも、いいことが起こった例《ためし》がない。

しかし、この家に彼らがいるのはかまわない。

久々に人が家にいる感覚や、昨夜《ゆうべ》の涙と面白い狸耳と尻尾を思い出して、凜奈はアレクシスやカイルと、上手くやっていけそうな気がしたからだ。

だからアレクシスの大事なもの……それがなんなのかはわからない……が見つかるまでうちにいていいよ、と何度も頷いた。

「そうか。それでは凜奈の優しい御心と言葉に甘えて、しばらく居候させてもらおう」

「はい！」

そう言って大きく頷いた時だった。

アレクは寝間着の浴衣の胸元からどんっと何かを取り出した。

「……なんですか？」

凜奈は首を捻った。

とても見慣れたもののはずなのに、よく理解できない。

目でも悪くなったかと、思わず目を擦《こす》ってしまう。

しかし、そこにあったのは一万円札の封の切られていない札束で、軽く数えても三つ以上はあった。

「これでは足りぬな。ではもっと出そう」

そう言ってアレクがさらに札束を出してきたので、凜奈は慌てて止めた。

「そ……そんな大金いりません！　庭の掃除をしてくれたり、家の中のことを手伝ってくれるだけで、お家賃は十分です！」

「しかし、それではアストラーダ王国の王子として情けない。せめてあと十束は受け取ってくれ」

「ええええええっ！」

まるでネコ型ロボットのポケットのように、懐からどんどん札束が出てきて、しまいには十五束もの山が出来上がってしまった。

「……本当に、こんなにお金いりません……」

呟き、何度もお断りしたのだが、地球での家主に渡そうと思っていた。どうか受け取ってくれ！　と熱く説得されてしまい、凜奈はどうすることもできなかった。

「では、こうしたらどうじゃ？」

国では偉い高僧だというカイルは、凜奈にこの金は自分のために使うのではなく、自分の将来の子どものために使ってやれ、というのだ。

「今生きている人間にはいろいろしがらみがある。しかし生まれてきたばかりの子ならしがらみはない。これはその子のための金じゃ。お前のものでもアレクシス様のものでもない。生まれてくる新しい命のものじゃ」

「カイル……」

そう言ってカルピスを一気に飲み干したカイルは、「二度寝するぞ～」と言って、客間に消えていった。

「一応高僧なだけあって、時にはいいことを言う」

　アレクは感心していたが、本当にこんなに大変なものを預かっていいのだろうか。凜奈がまだ逡巡《しゅんじゅん》していると、「ここはカイルの意見を取り入れて、受け取ってくれ」とダメ押しされて、凜奈はその大金を簞笥《たんす》の奥にしまったのだった。

　――しかし、これが穏やかな性格をした凜奈の逆鱗《げきりん》に触れたわけではない。

　バッシャーン！　カンカンッコロコロ……と派手な音を立てて花の入ったバケツがまた倒れた。

　バケツが倒れるのは、これでもう四度目だ。

　なぜならアレクシスが、仕事を手伝いたいと言い出したからだ。

　現にアレクシスは今、水揚げしたばかりの薔薇《ばら》の花のバケツを蹴《け》って、花を全部売り物にできなくした。

　カイルはアレクシスに無理やりやらされているので、先ほど来たお客と大喧嘩《おおげんか》をして店を追い出してしまった。

「これからお世話になるんだ。自分が食べていくだけの金は自分で稼ぎたい」

　そう言った彼の目は希望に輝いていた。

　きっとこれまで働いたことがなかったのだろう。

朝食後にそう言い出したアレクシスを、カイルも凜奈も何度も止めた。怪我《けが》をするとか、初めてのことだからきっと失敗して傷つくことがある……など。

しかしアレクシスは凜奈の両手をぎゅっと握ると、

「頑張るから、働かせてくれ！　一度市民のように働いてみたかったんだ！」

と、熱く見つめてきた。

「うっ……」

なぜか凜奈は、アレクシスの榛色の瞳に逆らうことができなかった。

そして、彼の手の大きさにもドキッとした。

剣だこがたくさんできた手は、彼がただの飾り物の王子でないことを表していた。

父親も剣道を嗜《たしな》んでいたので、本当に戦う男の手がどんなものか、凜奈は知っていたのだ。

強くて、守る者を持つ手……。

その熱い手にも絆《ほだ》されてしまったせいか、凜奈は「わ、わかったよ。仕方ないな……」と頬を染めながら言ってしまったのだ。「えーっ！」と驚くカイルの隣で。

どうやら異世界で働くことは、今回ミッションの中には含まれていなかったらしいが、凜奈が絆されて許してしまったせいで、今、大変なことになっている。

当初は、父の物だった白いシャツをピシッと着こなし、黒いズボンにカフェエプロンを腰に締めた彼はモデルのようにかっこよかった。頬を染め、思わず凜奈がかっこいー……と呟いてしまうほどに。

しかしよかったのはここまでだった。

花が大好きだという彼に、軽トラックから今朝《けさ》市場で仕入れてきた花を下ろすのを手伝ってもらったのだが、文化の違いからか、彼はバケツを脇《わき》に抱えたのだ。まるで樽《たる》のように。

「ちょっと……アレク！」

驚いて軽トラの荷台から飛び降り、花が入ったバケツの持ち方を教えた。

すると彼は「すまん」と言ってすぐに直してくれたが、今日のお買い得品にしようと思っていたスイセンは、すべて床にぶちまけられてしまい、ダメになってしまった。

商品には少しでも傷がついてはダメなのだ。もう売り物にならない。

彼も花が入ったバケツは初めて見たので、中に水が入っているとは思わなかったし、横に持った方が効率がいいと思ったそうだ。

けれども花は頭が重い。

アレクシスの考え方はちょっと……かなり残念だった。

それから生花店の一番の重労働と言われる、『水揚げ』という作業がある。新鮮な水の中で、切り花の切り口を再びハサミやナイフで切り、一気に新鮮な水を吸い上げさせる作業だ。

これは難しいかなと思い、欧風インテリアをした店内の椅子に座って、自分の手元を見ているように言ったのだが、ナイフを見た途端、アレクシスの血が騒いだのか、自分もどうしても、水揚げをやってみたいと言い出した。

指を切ったりするかもしれないから、この作業は危ないよと言ったのに、アレクシスは猪突《ちょとつ》猛進なところがあるのか、ざぶんと素手を水の中に突っ込むと、自前のナイフでガーベラの花を切り出した。そして、

「いってー」

見事に人差し指を切り、それに驚いたカイルが大騒ぎをして走り回り、たまたまやってきたお客に悪態をついて大喧嘩になり、凜奈は、結構深く切ってしまったアレクシスの傷の手当てをしながらカイルを叱り飛ばし、お客に頭を下げ、さんざんな午前中が過ぎていった。

「――ねぇ、アレク。水揚げの作業はとても危険なんだ。僕たちプロだって、軍手をして、その上からゴム手袋をして、切り口もあまり鋭くないナイフをあえて使用するんだ。花の

茎が切れるちょうどいい研ぎ具合のものをね。だから君が持っているような、人も殺せそうなほど鋭いナイフは素手で使っちゃいけないんだよ」

幸いアレクシスの出血は止まり、病院へ行くほどの怪我ではなかったことに安堵《あんど》していると、しょんぼりと椅子に座って手当てを受けていたアレクシスに、凛奈は大事なことだから……と、もう一度懇々と教えていく。

すると彼は、不貞腐れるかなと思ったが、一国の王子としてはとても素直に話を聞き、何度も「仕事の邪魔をしてすまなかった」と言った。

「大丈夫だよ。それじゃあ、アレクにはもっと違うお仕事をしてもらおうかな？」

ここで「もう仕事はさせない！」と叱り飛ばしたら、せっかくの彼の「やってみたい！」という気持ちを潰《つぶ》してしまいそうで、それもなんだか可哀《かわい》そうになってきた。

だから凛奈は、プレゼント用のセロファンにホチキスで留めるリボン作りをお願いした。

普通のリボン結びよりちょっと難しい飾り結びだ。

しかし、王子であるアレクシスは蝶結《ちょうむす》びしかしたことがなく、この作業もできなかった。

けれどアレクシスは諦《あきら》めなかった。

店内のハンモックで昼寝していたカイルを起こして、祭事で飾り結びを行う彼から、華やかな蝶結びを教えてもらい出したのだ。

当のカイルは、また「一国の王子がこのようなご苦労を……これもすべて、アレクシス様に仕事をさせた凜奈のせいでございます！」と怒っていたけれど、店の隅にある作業台で、アレクシスは必死に何度も飾り結びの作り方を繰り返していた。

この後、店はいつもの平穏さを取り戻して閉店したのだが、それでもアレクシスは飾り結びの練習をしていた。

「ご飯だよ、アレク」

「あぁ、今行く」

そうは言ったけれど、彼の意識は練習用に与えた茶色いリボンに向けられていて、こちらを見ようともしない。

しばらくして食事をかき込むようにして平らげたアレクシスは、部屋着の甚平姿に着替えると、また店の作業台へと戻ってしまった。

そして……。

「できた！」

夜の十時も過ぎた頃。アレクシスはまるで少年のような顔で凜奈のもとへやってきた。

「見てくれ、凜奈！　これなら商品の飾りになるレベルだろう？」

「本当だ！　すごいよアレク、一日でここまでできるようになったの!?」

綺麗な蝶結びを見て凛奈が笑顔でアレクシスを見上げると、彼は畳の間のちゃぶ台に座っていた凛奈を抱き上げた。

その時、凛奈の心臓がドキンと大きく跳ね上がった。

宝石のようにキラキラと輝くアレクシスの瞳を見ると、そのドキドキはもっと大きくなった。

「やったぞ！　これで俺にもできる仕事ができたな！」

「うん。そうだね！　明日からアレクに、たくさんリボンを結んでもらわなくちゃ」

まるで少年のように微笑んだアレクシスに、凛奈も微笑み返した。そしてアレクシスの笑顔に、いつまでも胸のときめきが治まらなかった。

まるで恋をしたようだと、凛奈は思った。

いや、何事にも一生懸命で努力家なアレクシスに、恋をしてしまったのは明確だった。

これは凛奈の初恋だった。

＊＊＊

アレクシスたちが地球に落っこちてきて、三カ月が経った。

頭は賢いので、貨幣の種類さえ教えてあげればあっという間に覚えて、会計作業はできた。

しかも色彩感覚に優れていたので、花束やアレンジメント用の花を相談すれば、これまで凜奈が合わせたことのないような素敵な花を選んできて、スタイリッシュでかっこいい花束やアレンジメントができた。

「新人さん？」

商店街の常連のおじいさんが訊ねてきた。

「はい。名前はアレクといいます。遠い国から留学生として来ました」

「アレクシス・フォン・アストラディアンです。どうぞよろしくお願いいたします」

「おや、日本語がうまいねぇ。それに何より美丈夫だ。凜奈ちゃん狙《ねら》いのご婦人どころか、さらにアレク狙いのお客さんが増えちゃうんじゃないの？」

「そんな！　恐縮です」

「恐縮なんて言葉まで知ってるのかい！　頭のいい留学生だねぇ」

一見オレ様な性格かと思えば、人当たりも良く、いつも笑顔のアレクシスは、あっという間に商店街の人気者になった。

おかげで店の売上も上がったのだけれど、凛奈は嬉《うれ》しいようななんとも言えない複雑な気持ちになった。

自分の人気がどうこうというわけではない。

明らかにアレクシス狙いの若い女性やオメガのお客が来ると、胸の奥がキューッと痛むのだ。これは完全に嫉妬《しっと》だった。

(僕って心が狭かったんだな……)

そう思って落ち込み、帰っていったおじいさんからの代金を握り締めた時だった。

「どうした？　凛奈。寂しそうな顔をしているぞ」

アレクは凛奈の肩を抱き寄せて、黒髪に唇を落とした。

その行為に心臓がドキンと跳ね上がる。

でも自分はアレクシスから『好き』だとも『愛している』だとも言われたことはない。

だから凛奈がアレクシスを女たらしだと思っても仕方ないだろう。

きっとアレクシスは自分がかっこいいことを理解した上で、みんなにこうして甘いキスをしているのだ。

そう思って凜奈がむすっとしていると、頬にまたキスされた。

「もう、アレクのバカ。みんなにニコニコするからお店の売上が上がっちゃったじゃないか」

八つ当たりのように口にすれば、アレクシスは屈託のない笑みを浮かべる。

「すまん、凜奈。少しでも凜奈の役に立ちたくて、一生懸命頑張ってしまった」

彫りの深い、ちょっと浅黒い肌の彼の笑顔はとてもキュートだ。

白い狼の牙《きば》が覗くのもいい。

普段は出している狼の耳も尻尾も仕事中はしまっているので、余計に凜々《りり》しく見えてしまう。

「お願いだ、凜奈。機嫌を直してくれ。もう一度頬にキスしてあげるから」

「別に機嫌なんか悪くないし。それに許嫁《いいなずけ》のいる王子様にチュウなんかされたら、犯罪でしょ？　カイルが言ってたよ」

「カイルは俺たちが深い仲になるのを、警戒しているんだよ」

そう言ってもう一度頬にキスをしてきたアレクの逞《たくま》しい胸を、凜奈は押し退《の》けた。

本当は嬉しいのに、でも確信となる言葉がないから安心できない。不安でしかない。

アレクは僕のこと好きなの？

訊《き》きたいのに訊けないのは、「好きじゃない」と言われるのが怖いからだ。もしこうしてべたべたするのが、アストラーダ王国では当たり前だ……とでも言われたら、彼への恋心を自覚している凜奈は立ち直れない。

彼がここで果たさなければならないミッションは、国を守るある大事なものを探し出すこと。

それを見つけるためには、凜奈の協力が必要だとアレクシスは言う。

しかしカイルは、絶対にいけませんぞ！ と何度も釘《くぎ》を刺してくる。

当の凜奈は、それがなんなのかさっぱり見当もつかないし、異世界のことだから自分には関係のないことだと思っていた。

しかし、最近アレクシスの行動が、まるで恋人にするようで本当に困る。

しかもアレクシスは、肝心な言葉を言ってこない。

「愛している」

と、いう恋人同士の言葉を。

その言葉さえあれば、自分はなんでも彼に協力するのに——。

もともと人懐こい性格だけれど、アレクシスが凜奈にべたべたするようになって二カ月。

本気で凜奈のことが好きなのならば、そろそろ告白があってもいいと思うのだが……。

(最初は挨拶《あいさつ》のキスだと言って、頬や額へのキスを許していたけれど……それももう限界だぞ！)

そんなことを考えながら、花の入ったバケツの配置を変えていたら、いったん奥へ消えていたアレクシスが、「一緒にランチに行くぞ！」と憎めない笑顔を向けてきた。

(ほんと、その笑顔はずるいよね)と思いながらも、凜奈はため息をひとつついて、店にかかっているプレートをＣＬＯＳＥにしたのだった。

商店街では「凜奈くんに新しい外国人の恋人ができた！」という噂《うわさ》でもちきりだが、それもあながち嘘でもないような、嘘のような。

今、凜奈とアレクシスは、ものすごく曖昧な関係で、こうして手を繋《つな》いで歩いているけれど、この男には年上の許嫁がいて……。

それも、凜奈の気持ちを憂鬱《ゆううつ》にさせる原因の一つだった。

アレクシスには、本当に許嫁がいるのだ。二十年も前から。

しかし、アレクシス自身は肖像画を見ただけで、会ったことはないらしい。

先方から何度も会いたいと言われているらしいが、自分の花嫁ぐらい自分で決めたいと、アレクシスは頑《かたく》なに相手に会うことを拒否しているそうだ。

そんなことでは国同士の喧嘩になるのではないか？　と心配になるが、許嫁の性格が幸いおおらかなので、いずれ結婚するのだから急《せ》くことはない……と言ってくれているらしい。

穏やかな青空のもと、二人で馴染《なじ》みの洋食店に入った。

ちなみに許嫁は、二十三歳のアレクシスより十歳も年上の男性オメガだそうだ。ということは、兄さん女房になるのだな……と、ぼんやりアレクシスの顔を眺めながら思った。

今日は揚げ物の乗ったAランチを頼んだ。飲み物はアイスコーヒーだ。

お子様味覚のアレクシスはナポリタンの超大盛を頼み、クリームソーダまで頼んでほくほく顔だ。容姿に似合わぬこの味覚のギャップもまた、商店街の奥様方をキュンとさせるらしい。

（……べ、別に、そんなところも好き、なんて思ってないんだからねっ！）

と、心の中で往年の名台詞《めいぜりふ》をなぞってみても、彼への想いは止まりそうになく、凜奈はアレクシスの優しいキスと甘い言葉攻撃に、見事に落とされつつある。

もちろん、この味覚のギャップにも。

「凜奈って本当に可愛いなぁ。どんなに見てても飽きないぞ」

四人席で向かい合って座りながら、そんなことを当たり前のように言われる。

（もう、頼むからそんなイケメンな顔で微笑まないでよ！）

手元のアイスコーヒーのストローを回しながら、凜奈は勇気を出して訊いてみる。

「ど……どうしてアレクは、僕なんかのこと可愛いとか言ってくるの？」

「どうしてかな？　凜奈が可愛くて、大好きだって二十四時間毎日思うんだ。これってやっぱり恋というやつなのかな？」

「こ、恋……！」

驚いて思わず立ち上がった凜奈は、そのまま店を飛び出した。

「凜奈っ!?」

びっくりしたアレクシスの声が後ろから聞こえたが、凜奈は顔を真っ赤にして走り続けた。

恋って……。

恋って……。

恋って……。

凛奈は走りながら思った。

「これじゃあ両想いじゃないかーっ！」

頬を染めながら、思いっきり叫んでいた。

両想いになることをあんなにも望んでいたのに。

いざ両想いになってみると、恥ずかしくていてもたってもいられなかったのだった。


たくあんを齧《かじ》る音が響く。

子ども用の食器がカチャカチャいう音も響く。

そっと青菜のお浸しに箸を伸ばす、大きな男の手も見える。

これは普段の大森家の食卓の風景ではない。

普段はもっと笑い声が響き、温かい空気に満ちていて、明るい電球がついたような食卓だ。

しかし、今日はその電球が消えている。

なぜならば、凛奈はまだ戸惑っていたからだ。

　恋なんて……。

　恋なんて……。

　恋なんて……。

（もしも昼間の言葉を本気にしちゃったらどうすんだよ！　僕、王国のお妃様になっちゃうぞ？）

　凜奈は夢の国のお姫様が着ているようなドレスを、自分が着ている姿を想像してみた。きっと怖気《おぞけ》が立つほど似合わないと思ったのだが、意外と似合っていて、逆に凜奈は怖気が立った。

　しかしお妃様といったら、外交とか外交とか外交とかで忙しいんじゃないのか？　僕、日本語しか話せないんだけど！

　そう思った時だ。真横のベビーチェアに座り、美味そうに茶碗《ちゃわん》蒸しを食べているカイルが目に入った。

　そうか。カイルに呪術をかけてもらえば言語の問題も解消か！

「いやいやいやいやいやいやいやいや、そういう問題じゃないだろう！」

　凜奈は、思わず叫びながら立ち上がってしまった。

「……り、凜奈。だいじょうぶかのぅ……？」

「確かに。今日の凜奈はちょっと変だぞ？」

「そ、そんなことないよ！　あー疲れたなー！　今夜は菊乃湯《きくのゆ》さんに行ってこようかなね、カイル」

「はっ？　儂《わし》は風呂に入ったばかりじゃぞ？」

「なーに言ってるの！　可愛い甚平さんがご飯でべしょべしょだぞ。さぁ、カイル。菊乃屋さんへレッツゴーだ！」

「お、おい……凜奈⁉　カイル⁉」

驚いたアレクシスが立ち上がった時にはもう、ご飯粒だらけのカイルを小脇に抱えて、凜奈は家を飛び出していた。

頭の中では、シンデレラの衣裳を着た自分を複雑な気持ちで想像しながら。


カコーン……と、どこかから桶《おけ》の音が響く。

「いい湯じゃのう……」

「本当に」

白く煙る湯気の先には、商店街でよく見かけるおじいさんたちが、談笑しながら背中や頭を洗っている。

ここ菊乃湯は、父親が小さい時によく連れてきてくれた銭湯だ。

子どもの頃は熱めの湯が苦手で、すぐに上がろうとして叱られたことがしょっちゅうあったけれど、大人になるとこの熱さが堪《たま》らない。

「……そなた、奇行をとるほどアレクシス様が好きなのか？」

「はっ!?」

頭にタオルを乗せたカイルに静かに訊ねられ、凜奈はガバッと立ち上がった。

「そ、そんなわけないじゃん！　だって、アレクには許嫁がいるんだよ！」

「そうか。よかった。アレクシス様に許嫁がいること、ゆめゆめ忘れるでないぞ」

「……うん」

「そうとわかったら風呂に浸《つ》かれ。目の前にお前のものがブラブラして不快じゃ」

「あ、ごめん……」

凜奈はもう一度突きつけられた現実に、身体の隅からサラサラと壊れてしまいそうだった。

彼は異世界の一国の王子様で、許嫁がいて、将来の王様で。

自分は小さな商店街の、しがない花屋の店主で。

人魚姫と王子様じゃないけれど、身分が違いすぎる。

(どんなに想っても叶《かな》わない恋ならば、想うだけ無駄じゃないか)

そう思って、凜奈はざぶざぶと顔を洗った。

(もうどんなに好きだと言われても、アレクには期待しない。期待なんかしちゃいけない……)

頬をしょっぱいものが一筋流れたが、それに気づかない振りをして、凜奈は頭まで湯に浸かった。

家族を失ってから、もう一度自分に生きる意味を教えてくれた、大切な人。

好きにならないわけがないじゃないか。

第二章　美味《おい》しいさんまに僕はなる！

まずは、凜奈のその瞳が綺麗だと思った。

長い睫毛に縁どられ、光をたくさん含んで、内側から輝くような美しさを持っていた。

すると、祖父のような存在であるお付きのカイルが、彼の家に行けるように話を持っていってくれた。

「狭い家ですけど……」と言ってはにかんだ凜奈の笑顔に、アレクシスの心は持っていかれた。

自分はラッキーなことに、異世界へやってきてすぐ、運命の人を見つけることができたのだ。

たとえ生まれた時から許嫁がいようと、結婚する人は、絶対に運命の人だと幼い頃から心に決めていた。

だから魔法使いだという許嫁のジジィの肖像画だって、一、二回しか見ていない。見たくもない。

そして、運命の人の名は「凜奈」といった。

母国には「リンナ」という青紫色の可憐《かれん》な花がある。

その「リンナ」の姿と「凜奈」の姿がどれだけ重なるか。妻として母国へ連れて帰る際には、凜奈の部屋を美しいリンナで飾ろう。凜奈が喜んでくれるように。

「それにしても遅いな……」

アレクシスは柱に掛けられた時計を見た。

ここから菊乃湯までの距離を考えれば、風呂に入って涼んでも、四十分あれば帰ってこられるはずだ。

「何かあったのか？」

嫌なものを感じ、凜奈の父親の物だったという雪駄に足を入れた時だ。

「あっ……」

引き戸ががらりと開き、凜奈とカイルが桶を抱えて帰ってきた。

「どうしたの？　これから出かけるの？」

半渇きの髪の凜奈にきょとんと訊かれて、アレクシスはホッと胸を撫《な》で下ろした。

「いや……二人とも帰りが遅かったから……」

「なんということはございません。商店街のジジィどもと、秋祭りについて話していました。みな祭りが好きで、話し出すと止まらんのですわ」

「そうだったのか」

「……もしかして、心配してくれたの？」

自分よりも三十センチ近く背の低い凜奈に上目遣いに見つめられ、アレクシスは思わず彼を力いっぱい抱き締めた。

「当たり前だろう！　こんな遅い時間に、なかなか帰ってこなかったんだ。恋人でなくたって心配する！」

「ごほん」

カイルがあからさまに咳《せ》き込んだ。

腕の中の凜奈が、僅《わず》かに身じろいだのがわかった。

そして凜奈は気を遣うように笑顔を作る。

「大丈夫だよ？　こう見えて僕だって男なんだし。何かあったらカイルを抱えて全力疾走で逃げるよ」

あはは……と乾いた笑いを浮かべ、凜奈は青いクロックスを脱ぐと、一度も振り返ることなく部屋へ戻ってしまった。

「おい！　カイル！」

客間をそのまま自室として使っているカイルを訪ねると、涼しげな顔でカルピスを飲んでいた。

カイルも地球での生活にずいぶん慣れたようだ。

「お前。凜奈にまた変なこと言ってないだろうな？」

「変なこととは？」

「俺は凜奈を妻としてアストラーダ王国へ連れていくつもりだ。もちろん凜奈からＯＫがもらえればだが……しかしそれを阻むような言動を、お前はとっていないだろうな？」

きつめの口調で問いながら、後ろ手に襖を閉めれば、カイルはカルピスの氷をがりがりと噛み砕き始めた。

「拙僧は何もしておりません。彼の気持ちを確かめただけで」

「気持ちを確かめる……？」

「菊乃湯でしかと訊きました。アレクシス様に許嫁がいること、ちゃんと心得ているかと」

「だからいつも言っているだろう。俺は自分の花嫁は自分で見つける。それが凜奈だ！十歳も年上の魔法使いなんかとは結婚しない！　愛のない結婚なんて、馬の糞《ふん》ほど無意味だからな」

「これこれ、アレクシス様。お言葉が汚のうございますぞ。それになぜ国王様が魔法使いのオースティン様と、アレクシス様のご婚約をされたと思われますか？」

「それは……」

「我が国には残念ながら魔法使いが一人もおりません。他国には一人以上魔法使いがいるというのに」

アレクシスは眉根を寄せて唇を噛んだ。そんなこと、わかりすぎるぐらいわかっていたからだ。

「魔法陣も張れない国など、魔力で攻め込まれたらひとたまりもないでしょう。これまでは我々僧侶がなんとか国を守ってきましたが、それも限界に近い。それを案じてのことですぞ、アレクシス様」

返す言葉もなく、アレクシスは拳《こぶし》を強く握ると、カイルの部屋を出た。

すると触れそうな距離に洗濯物を持った凛奈の姿があって、すべて聞かれていたのだとアレクシスは察した。

「あの……ごめん。聞くつもりはなくて。ただ入るタイミングが摑めなくて」

おどおどと視線を彷徨《さまよ》わせる彼に、胸がぎゅっと痛くなった。

今すぐ力いっぱい抱き締めたくなる可憐さだ。

「いいんだ。我がアストラーダ王国には、国を守護する魔法使いが一人もいない。三十年も前からな」

「そんなに前から？」

「あぁ。でも俺が二十三になっても結婚してないのは、両親の愛かもしれないな」

諦めたようにアレクシスは苦笑した。

「相手の魔法使いは魔力が強い分、傲慢《ごうまん》だという噂があってな。何かと理由をつけて、ここまで結婚を先延ばしにしてきたんだ……でも、もう無理みたいだ。これ以上待たせるのなら、この婚約は破棄すると脅してきた」

「そんな……」

「俺は破棄してもらっても全然かまわないんだが。でも、魔力の前では国は守れない。どんなに武力を使っても」

「アレク……」

「だけど、俺は凜奈のことを絶対に諦めないから。本気で愛してる。心から」

告げると、アレクは凜奈の頬にキスをした。

唇へのキスは、凜奈がいいと言うまで我慢しているのだ。それがアストラーダ王国第一王子の誠意だからだ。

「あ、あのねアレク、ずっと気になってたんだけど……どうして僕のことが好きなの？

この地球には、もっと素敵な人がたくさんいるのに」

　カイルの洗濯物をぎゅっと抱き締めながら、凜奈は真っ赤に頬を染めた。

「そうだな……そういうところかな？」

「えっ？」

「ほら、すぐに頬が真っ赤になるところ。あとお客さんに対する丁寧で親切な接客とか、ものすっごく怒ってもいいのに、ぐっと怒りを鎮められる冷静さとか。かと思えば子どもみたいに歌を歌いながら楽しそうにご飯を作っていたり……数え上げたら切りがない」

「アレク……」

「俺はこんなに優しくて、こんなに自由な人にこれまで出会ったことがない。時々頼りないところもあるけれど、そんな時は俺を頼ってほしいとすごく思う……あぁ、もう！　とにかく全部が可愛いんだ。俺の花嫁は凜奈しかいない！　凜奈しか……」

　ほわんと蕩《とろ》けそうな顔でこちらを見上げる凜奈があまりにも愛《いと》しくて、アレクシスは凜奈をとうとう胸の中に抱き込んだ。

「ぼ、僕も……アレクに触れられたり、ぎゅってされたり、ちゅうされるとすっごくドキドキするんだ。こ……これってやっぱり恋……なのかなって思ったりもするけど。でも、僕とアレクじゃ身分が違いすぎるし、アレクの国には魔法使いが必要だし。だから一国の王子様である君に、『大好き』なんて言えないよ」

事実と、真実と現実を言葉にした凛奈の腕を強く引いて、アレクシスは二階にある父の部屋（今はアレクシスが使っている）に連れていった。

「な、何？　何？　一体どうしたの？」

「あそこにいると、カイルに話を全部聞かれるからな」

「あ……」

そうか！　と頷いた凛奈を横目に襖を閉める。

そしてアレクシスは再び力いっぱい彼を抱き締めた。

「ア、アレク……？」

「好きだ、凛奈。やっぱり凛奈がすごく好きだ」

「で、でも……」

こんなにも熱烈な告白を受けながら、それでもためらっている凛奈の両肩を掴むと、真正面から顔を覗き込んだ。

「もし俺が一国の王子じゃなくて、菊乃湯の息子だったら？　魔法使いとか跡取りとか関係なく、生まれた時からずっと一緒に育って、とっても仲がよくて、でも時々喧嘩して、それでもやっぱり仲がよくて……そうしたら、素直に俺のこと『好きだ』って認めてくれたか？」

「う、うん。きっと毎日『大好き』って言ってる……と思う」

「凜奈……」

頬を真っ赤にしながら告げられた言葉に、アレクシスは安堵したような泣き出しそうな不思議な気持ちになった。でもきっと嬉しかったのだ。凜奈の熱烈な告白を受けて。

「えっ？」

「好きだよ、凜奈。キスしてもいいか？」

「凜奈も『好きだ』って言ってくれたし……これでもう、俺たちの気持ちを阻むものは何もないだろう？」

「そ、そうだけど……」

それでも初めてのキスは恥ずかしいのか、凜奈に軽く胸を押し返されてしまう。

「俺は凜奈のすべてを包み込みたい。ご家族を亡くした悲しみも。店を切り盛りする苦労も。毎日の掃除も洗濯も。いい旦那《だんな》になりたい。いや、絶対になるよ」

「アレク」

凜奈はこの言葉に驚いたようで、顔を上げた。アレクがそんなことを考えてくれていたなんて……と、目をぱちくりさせている。

確かにアレクシスは本気でそう思っていた。考えていた。だから凜奈の赤い唇を奪ったのだ。

「ん……」

どれぐらいそうやって触れ合っていただろうか？　アレクシスの高い体温が凜奈にも伝播して、彼の全身も熱くなった。

するとアレクシスも興奮してきて、立派な狼の耳と尻尾がポンッと生えた。

「したい……」

「えっ!?」

耳元で囁《ささや》いた言葉に、凜奈はダメダメと左右に首を振った。

「そ、そんな……キスしたのだって今が初めてなのに……し、したいだなんて……いけません！　まだ時間が必要！」

「時間って？　どれぐらい待てばいいんだ？」

呼吸も荒く、瞳も欲情に潤んだアレクシスに、凜奈はとんでもないことを言い出した。

「さ……さんま！」

「……さんま？」

「そう！　さんまに脂がのって、美味しい季節になったら！」

ぴたりと止まったアレクシスの表情を見て、凜奈も変なことを言ってしまったかな、と思ったらしい。

「その……さんまというものが美味しくなる季節はいつなんだ？」

「九月とか十月とか……とにかくまだ先！」

「えー……今、八月だぞ……」

がっくりと肩を落としたアレクシスに、凜奈は短くキスをしてくれた。

「い、今……僕の限界はここまでだけど、でもさんまが美味しくなる頃には覚悟を決めるから！　だから……美味しいさんまになって、アレクに食べてもらうから！　それまで待って！」

「凜奈……」

アレクシスはもう一度凜奈を強く抱き締めると、その赤い唇に口づけた。

しかし、今度のキスはさっきと違い、アレクシスは凜奈の甘い口腔《こうこう》を貪《むさぼ》るように、舌を差し入れた。

「んんっ……」

大人のキスに、凜奈は早々に音を上げた。そして胸を何度も叩くので、アレクシスは熱烈なキスを解いてやる。

するとぷはっと息を吐き出し、凛奈は真っ赤になった顔をアレクシスの胸にグリグリと押しつけた。

「あ、あのね、だから……その、頑張って美味しいさんまになるから。だからそれまで本当に待っててね」

気合を入れるようにぐっと拳を握った凛奈に、アレクシスは思わず吹き出してしまったのだった。


いつもの小さな商店街は、にわかに活気づいていた。

「美味いよ、美味いよ～っ！」

「焼き立てだよ～っ！」

「そこのお兄さん、一匹どうだい？」

どこの魚屋からも魚を焼くいい香りがして、買い物に一緒についてきたカイルなど、涎《よだれ》をたらしている。

「あら、アレクちゃんにカイルちゃん。偉いねぇ、お買い物かい？」

八百屋の女主人に声をかけられ、カイルが首からがま口をぶら下げて「うむ」と頷いた。

「ごぼうと人参をくれるか？　あと蕪《かぶ》も」

「あら、今夜はきんぴらごぼうかしら？　あと蕪の浅漬けね」

「おぉ！　おかみは魔法使いなのか？　確かに凜奈はそう言っておったぞ！」

「ちがうわよぉ。凜奈くんの得意料理と、蕪が美味しい季節だからなぁって思っただけ」

「おかみ、もう一つ教えてほしいんだが、今日はなんだか魚屋が活気づいているようなのだが、何かの祭りか？」

「そうね。祭りみたいなものかしら。今年初のさんまが入ってきたんだもの。どこも気合が入ってるわよ〜！　ちなみに今年のさんまは、脂が乗ってて美味しいらしいわよ」

「さっ！　さんま!?」

アレクシスはおかみの言葉にカッと目を見開くと、カイルの両肩を摑んで、真正面から彼を見た。

「すまない、カイル。俺にはどうしても達成しなければならないことがある！　だからあとの買い物は頼んだぞ！」

そう言うと、アレクシスはごぼうと人参と蕪の入ったエコバッグを握りしめて、大急ぎで家へと帰った。

店舗兼自宅である一階では、凜奈が店じまいをしていた。

それを猛スピードで手伝うと、あっという間にCLOSEのプレートをかけ、戸惑う凜奈を横抱きにすると、アレクシスはドアかまちに頭をぶつけないようにしながら急いで二階に上がり、自分の部屋へと凜奈を連れていった。

「んん……んっ！　アレ……クッ……」

襖を閉めるのと同時に、呼吸させる間も与えず、アレクシスは凜奈の唇を貪った。

「ちょ……ちょっと待って！　アレク！　一体どうしたの⁉」

夏から秋になるまで、何百回とキスをしてきたけれど、今日のアレクシスはいつもと違って、情熱的な激しさが止まらなかった。

「さんま‼」

「えっ？」

「さっき商店街を歩いていたら魚屋がすごく活気づいていて、魚の焼けるいい匂《にお》いもたくさんして、八百屋のおかみにどうしてなのか訊ねてみたら、今年初のさんまが売場に並んだって！　凜奈！　さんまだ、さんま！　脂の乗った美味しいさんまだぞ！」

再び強く抱きつくと、凜奈は「わぁっ」と頬を真っ赤に染めた。

「そ、そんなこと……僕だって知ってるよ」

「えっ？」

「だからカイルにも、美味しそうなさんまを三匹買ってきてって、お願いしたんだ……」

どんどん語尾を小さくさせながら、凜奈は言った。アレクシスから目を逸《そ》らしながら。

「じゃあ約束、覚えてくれてたんだな！」

「もちろんだよ！　忘れるわけ、ないじゃないか……」

凜奈はさらに頬を真っ赤にさせると、そっとアレクシスの手を握った。

「今夜、カイルが寝たら僕の部屋に来て……」

「……わかった」

アレクシスは凜奈の手を握り返すと、ごくりと唾《つば》を飲み込んだのだった。

＊＊＊

秒針がうるさいと思った。

時刻はまだ夜の八時半で、五百七十歳のカイルがそろそろ布団に入る時間だ。

甘辛く炒めたきんぴらごぼうと蕪の浅漬け。里芋の煮物と昆布とつくねを炒め煮したもの。そして大根おろしと脂の乗った美味しいさんまが今夜の夕飯だった。

凜奈とアレクシスは、何事もないように平静を装いながら食事を終え、カイルに覚《さと》られないよういつも通りに食器を片づけ、ほんの少し早めに凜奈だけ自分の部屋に戻った。

そして風呂に入って入念に身体を洗い、先ほど凜奈は上がってきたばかりだ。

何を着て待っていればいいのかわからなかったので、時々着て寝ている浴衣を身に纏《まと》った。アレクシスが脱がせやすいと思ったからだ。

（もー……やだ。早く来て、アレク！）

凜奈はこれから起こるであろうことを想像して、羞恥《しゅうち》で焼け焦げてしまいそうだった。

しかし、九時を過ぎてもアレクシスは来ず、どうしたのかな、とソワソワしかけた頃。

息せき切ってアレクシスは襖を開けてやってきた。

「カイルが何かを察してなかなか寝なくてな。無理やり寝かせつけてきた」

「む……無理やりって？」

「なに、少し気絶させただけだ。そして柱に縛りつけてきたから、今夜はもう大丈夫だ」

「気絶って、それってかなり無理やりすぎない？」

「なんだ？　凜奈は早く俺と二人きりになりたくなかったのか？」

「そ、そんなことないよ！　早く来てって、ずっと心の中で思ってたんだから！」

「凜奈……」

ドキドキする心臓のまま、凜奈はアレクシスに抱きついた。

「好きだ、凜奈……」

逆にアレクシスは、ホッとした様子で凜奈を抱き締めた。

ここに来るまで数カ月もかかったので、愛しい男を腕の中にできて、やっと安堵したのだろう。

「凜奈、好きだよ。愛してる」

——初めて雨の中で会った時から。

そう呟くと、整えられていたベッドに、アレクシスは凜奈を寝かせた。

「ドキドキして心臓が壊れそう」

頬を熱くしながら言葉にすると、アレクシスは微笑んだ。

「大丈夫だ、全部俺に任せろ。気持ち良くさせてやるから」

その言葉の意味を深く問いただしたかったけれど、これだけイケメンで王子様なのだ。アレクシスにだっていろんな過去があるだろう。

「全部遊びなら許すけど」

思わず心の声が口から出てしまって、慌てて両手で押さえると、一瞬目を見開いたアレクシスに小さく笑われた。

「全部遊びに決まっているだろう。本気で愛するのは、凜奈が初めてだ。だから本当は、心臓が壊れそうなほどドキドキしている」

「許嫁がいるのに、僕とこんなことして本当にいいの？」

拭《ぬぐ》えない疑問を口にすると、蕩けるような眼差しで微笑まれた。

「あんなのは許嫁じゃない。魔法使いの件は、俺が国に帰ったらなんとかする。絶対に凜奈に辛い思いも、寂しい思いもさせない」

「アレク……」

榛色の瞳が真摯に光り、凜奈はアレクシスの首に抱きついた。

この時、凜奈はもう覚悟していた。

たとえアレクシスが許嫁と結婚してしまっても、彼の子どもを育てようと。

だから今夜は発情期であるのに、『香り』だけを消す薬で、フェロモンを隠していた。精をたくさん注いでもらって、彼の子どもが妊娠できるように。

彼はいずれ異世界に帰る人だ。

自分も連れていってくれると言うけれど、自分には華やかな王宮での暮らしより、花屋を細々と営む方が合っている気がした。

だから彼と愛し合った証拠が欲しかったのだ。

アレクシスとの『子ども』という証拠が。

しゅるりと腰ひもが解かれて、そっと浴衣の前を開かれた。

「ア、アレク。恥ずかしいから常夜灯にしてもらえないかな?」

凜奈の言葉に微笑んだアレクシスは、そっと電気をオレンジ色に変えてくれた。そしてゆっくり圧《の》しかかると、細い首筋に赤い跡をつけていく。

「ん……アレク……」

凜奈は今、不思議な気持ちだった。

空から降ってきた異国の王子様と、自分の部屋で生まれて初めてこういうことをして、処女を失おうとしている。

怖い。

そんな気持ちが襲ってくるけれど、それ以上にアレクシスに深くまで抱いてほしかった。

自分を彼のものにしてほしかった。

「アレク……ネックガード、外してくれないかな?」

「えっ?」

「その、僕はもうアレク以外の人とこういうことをするつもりはないから、その……噛んでほしいんだ。うなじを」

「凜奈……そこまで覚悟を決めてくれていたのか……すごく嬉しいぞ」

アレクシスは茶色いネックガードを外すと、うっとりしたように凜奈を見つめた。

「絶対に凜奈だけを永遠に愛し続ける。凜奈だけを」

「アレク……」

触れるように唇を重ね合わせると、そっと左側の乳首を摘《つ》まれた。

「んんっ、怖い……」

「大丈夫。何も怖いことはない。だんだん気持ち良くなってくるから安心しろ」

そう言うと、アレクシスは右の乳首にきゅっと吸いついた。

「あ……アレク……」

くすぐったいような甘い感覚が腰のあたりに蟠《わだかま》り出し、自分でも乳首が硬く尖《とが》り出したことがわかった。

そんな身体が浅ましい気がして凜奈は両手で顔を覆ったけれど、アレクシスの愛撫《あいぶ》は止まることはなかった。

尖った乳首を舌先で弾くようにしたり、指先に力を入れ、ちょっと痛いほど引っ張られたり……。

でも、そのどれもこれもが気持ち良くて、凜奈は知らずと喘《あえ》いでいた。

「あんっ……アレク……あぁんっ、あぁ……」

「凜奈はなんて可愛い声で啼《な》くんだ。堪らないな……」

「やだ、そんな恥ずかしいこと言わないで！」

なおも凜奈の乳首をちゅうちゅうと吸っていたアレクシスに抗議すると、両手を緩く腰ひもで縛られてしまった。

「やだ。こんなことしないで！」

涙目で訴えたけれど、アレクシスは赤い舌で唇を舐《な》めると、ぽんと狼の耳と尻尾を出し、凜奈の股間《こかん》を下着の上から揉《も》み込んできた。

「あぁっ！」

さらに強い快感を与えられ、凜奈はいやいやと左右に首を振った。

しかし、その様子すら可愛いとアレクシスはさらに凜奈の双珠を揉み込む。

「あぁぁっ」

凜奈の肉茎は次第に硬くなり、頭を擡《もた》げ、嵩《かさ》を張り出し、とろりと蜜《みつ》を溢《あふ》れさせた。

「いやっ、恥ずかし……」

「恥ずかしいことをしているのだから、当たり前だろう。ほら、凜奈。俺に口づけて」

「ん……」

確かに彼の言う通りだ。恥ずかしいことをしているのだから、恥ずかしくて当然だ。

しかしこれは凜奈にとって、大事な『子作り』なのだ。

なんとしてでも今夜はたくさん彼に精を注いでもらって、子どもを作るのだ。

たった一度でいい。

アレクシスに激しく抱いてもらって、愛し合った証拠を。

下着を脱がされて、とうとうふるりと性器が立ち上がった。

足の間から見えるアレクシスの股間も、浴衣の隙間《すきま》から硬くガチガチに勃《た》ち上がっているのが見える。

自分よりも彼の方が興奮しているのだとわかって、凜奈の胸は嬉しくも、そして切なくもなった。

このままずーっと二人で人生を添い遂げるまで、アレクシスがここにいられればいいのに。願っても、彼は異世界へ帰ってしまう。

いつ……ねぇ、いつあなたは母国へ帰ってしまうの？

後孔からも蜜が溢れ出し、アレクシスは堪らないといった感じで二本の指を差し入れた。

「やぁっ！」

無垢《むく》な蕾《つぼみ》を指でぐちゅぐちゅとかき回されて、凜奈はピンク色の乳首を尖らせながらも、

もんどりを打った。

「だめぇ……そこは、そこは本当に許してぇ……」

けれどもアレクシスは、「大丈夫だよ」と耳元で囁いてから、ピンク色の乳首を吸い、軽く歯を立て、さらに後孔をかき混ぜてきた。

凜奈は人生で一番気持ちがいいと思うほどの快感を与えられ、もう息も絶え絶えだった。

それなのにアレクシスは前立腺《ぜんりつせん》を狙ってくりくりと押し上げてくるから、凜奈は下に(気絶していても)カイルがいることを忘れて、あんあんと啼き続けた。

「もう大丈夫だな……」

荒い息を吐き、額に汗を浮かべ、男臭さをこれでもかと滲《にじ》ませているアレクシスが、後孔から指をゆっくりと引き抜いた。

そして先ほどから見えているガチガチの自身を掴むと、凜奈の足を大きく開かせて、ぐっとそれを押し込んできたのだ。

「あぁぁぁん」

可憐な蕾をいっぱいに開きながら、大きく硬いそれは長さを持って侵入してきた。

「あぁ、アレク……アレク……」

「凜奈、愛してる。誰よりも永遠に……」

腰を動かされて、最初は乾いた痛みを感じた。

しかし、すぐにそれは濡れた愉悦に変わり、凛奈を再び戸惑いの嵐《あらし》の中に放り込んだ。

(知らない……こんな快感、これまで感じたこともない……)

結合部分からぐちゅぐちゅと卑猥《ひわい》な音が聞こえてきて、腰の動きは一層激しくなった。

その時だ。「うっ……」と言ってアレクの動きが止まったかと思うと、凛奈が果てたのと同時に、アレクも大量の精液を凛奈の中に放った。

身体の大きなアレクの精液は量も多くて濃くて、こぽこぽと凛奈の中から溢れ出てくるほどだ。

「はぁ……」

荒い息をつき合いながら、二人は繋がったまま抱き締め合った。

唇も重ねた。

「好きだよ、凛奈。可愛い可愛い俺だけの凛奈」

「……僕は、さんまみたいに美味しかった?」

初めてのセックスなのだ。

これが成功だったのか、失敗だったのか、凛奈にはわからない。

だから上目遣いに訊ねたのだが、アレクシスに大きな声で笑われた。

「美味しかったよ。今夜のさんまより、ずっと美味しかった」

「本当に？　よかった！」

ずるりとアレクが抜けていって解放された凜奈は、再び大事なぬいぐるみのように抱き締められてしまった。

「——なんて名前にしようか？」

「名前？」

「あぁ、俺と凜奈の子どもの名前。男の子でも女の子でも、通用するような中性的な名前が良いなぁ」

「アレクの国では、どんな名前が良いとされてるの？」

「そうだなぁ……シオンとか」

「シオン？」

「そうだ。シオンという名の、両性具有の魔法使いが伝説上にいてな。俺の星を救ってくれたという古い話が残ってるんだ。だから俺は子どもにはシオンと名付けたいなぁ」

「そっか、シオンなら地球でも、男の子でも女の子でも可愛いしかっこいい名前だなぁ」

「そうなのか？　それじゃあ、シオンに決まりだな」

そう言うとアレクシスは凜奈をうつ伏せにさせて、「結婚の儀式だ」と言ってうなじに牙を立てた。

「んっ！」

一瞬だけちりっと痛んだけれど、その後はじんじんとした痛みが残っただけで、二、三日もすれば消えてしまいそうな感じだった。

その時だ。

ころりと水晶でできたハート型の石のようなものが突然二人の間に落ちて、凜奈は首を捻った。

「これは何？」

常夜灯に翳《かざ》してみるとキラキラと光って、不思議な石だなぁと思った。

（一体どこから来たんだろう？　こんな石、生まれて初めて見る……）

そう考えていると、アレクシスは感動したように、大切そうに石を両手で持った。

「これだ……まさしくこれだぞ！　俺が探していたものは、この『真実の愛の石』だったんだ」

「『真実の愛の石』？」

「そう、本当に愛し合う者同士にしか作れないと言われる石で、国を守る魔法陣の代わりとして使うことができるんだ」

「すごい石なんだね」

「これも俺と凜奈が本当に愛し合っていたからだ」

そう言ってアレクシスが笑った時だった。

「アレクシス様！」

襖を開けて飛び込んできたのはカイルだった。

「カイル？　気絶させた上に居間の柱に縛りつけてきたのに、よくここまで来られたな」

二人は着崩れていた浴衣を直し、真っ青な顔でこちらを見上げてきたカイルを見た。

「大変でございます、アレクシス様。恐れていたことが、とうとう起きてしまいましたぞ」

「恐れていたこと!?」

アレクシスが目を見開くと突然、凜奈の部屋に大きな時空の穴が開き、甲冑《かっちゅう》を着た兵士たちがぞろぞろと入ってきた。

「アレクシス様、ご寝室にまで申し訳ございません。ですが、いつか我が国に攻め込んでくると思われていたバース王国が、とうとう魔法使いを送り込んできました。街は火の海でございます」

騎士の中でもひと際立派な甲冑を着た男がそう告げると、アレクシスの表情が一瞬にして『戦う王子』に変わった。

「父上たちは？」

「隣国のサルナディア王国へ避難し、安全な場所におられます。ですが、サルナディア王国の魔法使いに援護を頼んでいますが、バース王国の妨害に合い、なかなか辿《たど》り着けない状況でございます」

「わかった。しかし、みなの者、案ずることはない、今ここに『真実の愛の石』がある。これがあれば、バース王国の魔法使いを撃退することができる」

「こ、これは……本物でございますか？」

「あぁ、紛れもない本物だ」

「では急いでアストラーダ王国へ戻りましょうぞ」

そう言うとカイルたちは時空の穴へと入っていった。

「さぁ、凜奈。一緒に行こう！」

「ううん。僕はここに残るよ」

「なぜ？」

思いきり不思議そうな顔をしたアレクシスに、凜奈は必死に言い訳を考えた。

「だって、今は戦乱の最中だっていうし……アレクの足を引っ張りたくないから」

「そうだな。凜奈はここにいた方が安全かもしれない」

頷いたアレクシスは、指を一本立てた。

「一週間。一週間だけ待っていてくれ。動乱を治めて、絶対に凜奈を迎えにくるから」

「アレク……」

「俺を信じて」

そう言ってアレクシスは凜奈に深く口づけると、炎が逆巻く時空の穴へと入っていった。

そして穴は一瞬にして閉じ、また静かすぎるほどの平穏が凜奈の部屋に訪れた。

「……アレク」

彼の身を案じながら、凜奈は一粒の涙を零《こぼ》した。

まだまっ平らな腹を擦りながら。

第三章　親子で異世界に召喚されました

るるるん、らららん
るんるん、らんらん
今日は素敵な雨日和
新しい傘も、飴（雨）玉弾いてよろこんでる
るるるん、らららん
るんるん、らんらん
さぁ、行こう。長靴鳴らして
魔法の国はもうすぐだ

雨が降っているわけではないが、詩音《しおん》はこの童謡の一節が大好きで、いつも嬉しそうに歌っていた。

「詩音ちゃんはいつもご機嫌ね」

常連客の老婦人に微笑まれると、店の前を箒《ほうき》がけしていた詩音が胸を張った。

「うん！　だって雨が降ると、詩音のおとーさんが帰ってくるんだ。だから『いつも雨が降りますように』ってこの歌を歌ってるんだよ」

「そう。早くお父様が帰ってくるといいわね」

「うん！」

そんな詩音に苦笑しながら、凜奈はエプロンで手を拭《ふ》きながら老婦人に声をかけた。

「いらっしゃいませ。畑野《はたの》さん。いつもの仏花でよろしいですか？」

「えぇ。ここの花は、生前主人が好きだったから。素敵な花束を頼むわね」

「かしこまりました」

「詩音くんも大きくなったわね。今年でいくつ？」

「今年の六月で五歳になります」

「そう。アレクくんが急に故郷に帰ることになって……それからもう五年も経つのね」

「はい」

店内のソファーに腰かけた夫人にアールグレイの紅茶を出したあと、五歳年を取り、より艶やかな色気を増した二十七歳の凜奈が、おぼんを抱き締めながら微笑んだ。

「再婚とかは考えないの？」

「うなじを噛まれているので。他の人との結婚は考えていません。もしパートナー婚とかあったとしても、しないでしょうね。彼ほど愛した人はいませんでしたから」

「そう。私も主人にうなじを噛まれて六十年。やっぱり好きな人は、忘れられないのよね」

「そうですね」

もう一度微笑み、凜奈は仏花を作るために白い菊を手に取った。

母国、アストラーダ王国へ混乱の最中、アレクシスが帰ってしまってからもう五年。

あの時……最初で最後の夜にできた息子の詩音も、今年の六月には五歳になる。

「でも偉いわね、凜奈くんは。男手一つでお花屋さんを切り盛りして、詩音くんを育てて。本当に頭が下がるわ」

「そんな！　僕が熱を出した時は畑野さんが詩音の面倒を見てくれたじゃないですか。それに菊乃湯のお客さんたちにも可愛がってもらってるし。詩音はこの商店街の人たちに育てられたようなものです」

「そう、また何かあったら言ってね。詩音くんはいい子だし、頭だっていいし、お掃除まで手伝ってくれるから。家に来てくれると助かるのよ」

「ありがとうございます」

そうなのだ。詩音はアレクシスの遺伝子を十分に引き継いだのか、同学年の子と比べると知能指数も高いし、身長も大きい。

その上気も利くので、商店街の人に可愛がってもらっていて、凜奈はひとりで必死に子育てした感覚があまりない。

それでもこの五年間、大変だったけれど。

「おかーさん、お店の箒がけ終わったよ」

「ありがとう。それじゃあ、プレゼント包装用のリボンを作ってもらおうかな?」

「はーい。何個ずつ作ればいい?」

「ピンクと青を十個ずつ作って」

「はーい」

プレゼント用のリボンを見るとアレクシスを思い出して辛いけれど、それでも仕事の一環なので、見ないことはできない。

一生懸命リボンを結ぶ息子の後ろ姿を目にすると、アレクシスに似てきたな……と本当に思う。背中の丸め方がまるで一緒だ。きっと十年もすれば、身長だって抜かれてしまうだろう。

詩音はアレクシスによく似ていて、茶色い巻き毛に榛色の瞳を持っていた。

五歳にしては身体も大きく、力も強い。

賢いのですでにレジ打ちも任せているし、本当に助けられていると思う。

だから余計に辛いのだ。

アレクシスにそっくりだから。

世界で……ううん、宇宙で一番愛した人だから。

「……かーさん、おかーさんってば！」

「あ、何？」

ついボーっとしていたら、詩音に呼ばれた。

「ピンクのリボンが足りないから、あとで一緒に文房具屋さんまで買いに行こ。その帰りにお夕飯の買い出しも！」

「あぁ、そうだね」

白と淡い黄色で統一した仏花を作り終え、老婦人が店を出ていったタイミングで、店をCLOSEした。

もう時間も遅かったし、これ以上暗くなると文房具屋さんまでしまってしまう。

まだ肌寒い二月。薄手のコートを着せて、手編みのマフラーを詩音に巻くと、凜奈も薄手のコートを羽織って、二人で買い物に出た。

この時間が凜奈は一番大好きだ。

親子で手が繋げるし、詩音が普段の幼稚園の話や友達の話をたくさんしてくれるからだ。

しかも、今は列車のアニメにハマっていて、その話ばかりだけれど、凜奈もそのアニメが小さい頃から好きだったので、二人でイベントに行ったりして日々を楽しんでいる。

アレクシスの「一週間で迎えに来る」という約束が守られなかったことだけが悲しかったが、それでも息子の詩音がしっかりしていてくれるおかげで、楽しい子育てライフを送っていた。

「ねぇ、おかーさん。今日は変だよ」

「変って何が？」

「歩いても歩いても文房具屋さんに着かない」

「えっ？」

確かに、詩音に言われるまで気づかなかったが、いつもなら徒歩三分で着く文房具屋が歩いても歩いても見えてこない。それに周りは靄《もや》のように霞《かすみ》がかかり、いつもの商店街ではないように思えた。

凜奈は嫌な予感がして詩音を抱き上げた。

「いい、詩音。おかーさんから絶対に離れたらだめだよ」

「うん、わかった」

普段はヤンチャで、すぐに「ダメだよ」と言うまで走っていってしまう詩音だが、さすがにこの靄には恐怖を感じているのか、凜奈の首にしがみついて目を瞑《つむ》っていた。

すると次第に靄が切れてきて、二人は美しい花畑の中にいた。

「ここは……？」

まったく見慣れない景色に戸惑っていると、そこには五年前に自分の前から姿を消した愛しい男が立っていた。

「リンナ、待っていたぞ」

駆け寄ってきた王子様姿のアレクシスに、最初は夢かと思った。

しかも、別れてもう五年も経つのに、その姿格好はあの頃とまったく同じだ。

「本当にすまない。一週間で呼び寄せるつもりが十日もかかってしまって……。さぁ、リンナ。父上と母上のもとに案内するよ。俺の花嫁だって」

そう言った笑顔のアレクシスの頬を、凜奈はペチンと軽く叩いた。

それに彼は目を見開く。

「五年だよ。こっちでは十日しか経ってないかもしれないけれど、地球では五年も……五年も経って……」

「リンナ……」

話しているうちに大粒の涙がぼろぼろと零れてきて、凜奈はまだ華奢な詩音の肩に顔を埋《うず》めた。

こんなことで泣くなんて、自分でも思っていなかった。

だって、ひとりで彼の子どもを育てるって決めたじゃないか。

アレクシスには許嫁がいる。

国を守るために大事な大事な許嫁が。

だから詩音は決して彼の子どもだと知られてはいけないのだ。

それなのに、こんなふうに泣いてしまっては、詩音がアレクシスの子どもだと認めているようなものではないか。

凜奈が子ども特有の、埃《ほこり》っぽいような甘い香りを胸いっぱいに吸い込むと、アレクシスが「もしかしてシオンか？」と榛色の目を見開いて問うてきた。

「茶色い巻き毛に榛色の瞳。それに五歳ぐらいの子どもということは、あの時できた俺たちの子どもか？」

驚くような呆然《ぼうぜん》とした態度のアレクシスに、凜奈は片腕で涙を拭って口を開いた。

「違います。この子はあなたの子ではありません」

「じゃあ誰の子だ？」

「行きずりの……異国の人との子どもです」

「行きずりの異国人？　こんなにも俺にそっくりなのに？」

アレクシスは震える手を口元に当てると、目を真っ赤にしていた。

この時、彼は確信していたのだろう。

この子が自分の子どもであると。

これだけ似ているのだ。アレクシスの子どもではないと言い張っても、たぶん信じてもらえないだろう。

でも今はそう言うしかなかった。

あなたの子どもではないと。

行きずりの異国人の子どもだと――。

沈黙が落ち、緩やかな風が花々を揺らしていった。

生花店を営む凜奈が、見たことがない美しい花がたくさん咲いていた。やはりここは異世界なのだろう。

よく見ると、周囲は立派な建物に囲まれていて、この場が城の中庭であることがわかった。

アレクシスは必死に考えているようだった。

なぜこんなにも自分にそっくりな息子を、凛奈が「息子ではない」と否定するのか、を。

そして魔法使いの許嫁に、今なお気を遣っているということにも気づいたらしい。

真っ直ぐした瞳を向けられ、「わかったよ」と一言言われたからだ。

「実は、時空の扉を超える時に弱点が一つだけあって、時々時の流れが狂ってしまうことがあるんだ。でもそれは滅多に起きないから気にしていなかったが……まさか、地球との時間が五年も狂っていたなんて……」

自らも納得し、呟くように説明すると、アレクシスは逞しい両腕をこちらに向けた。

「おいで、シオン。お前の『お父様』だよ」

「お父様？」

「違います！」

「違うの？」

一番戸惑っていたのは、二人の間に挟まれた詩音だろう。

この押し問答はしばらく続き、アレクシスが一つの妥協策を提案してきた。

「わかった。それじゃあこういうことにしよう。俺は禁忌を破って地球で恋をし、オメガの恋人を妊娠させ、子どもができた。それがシオンだ。許嫁のオースティンのことはそれから考えることにしよう」

「なぜ、そんなことにしなくちゃならないの？」

「そうでもしなきゃ、俺にこんなにそっくりな子どもを城に招き入れて、『地球の妻と、その妻が他人との間に作った子どもです』だなんて嘘が通用しないからだ」

「だから本当にアレクシスの子どもでは……」

「わかったわかった。細かい嘘の設定はあとで決めよう。それより早く抱かせてくれ、俺の愛しいシオンを」

そう言われて、凜奈はそっと詩音をアレクシスに渡した。

「あぁ……重いな。ずっしりとした命の重みがある。この子は良い子に育つぞ」

そう言って、アレクシスは一粒だけ涙を零した。

それを見たら堪らなくなって、凜奈はアレクシスと詩音に抱きついていた。

この子がアレクシスの子どもだとバレてはいけない。

アレクシスと魔法使いのオースティンとの結婚を邪魔してはいけない。

しかし凜奈はこの五年間、ずっと夢見てきた。

ひとりで愛の結晶を育てると、あれだけ強く心に決めたのに、それでもアレクシスのいない五年間は、寂しくて悲しかった。

涙を流したのも、一度や二度ではない。
だからずっと、三人で会える日を夢見ていた。
家族三人で抱き締め合う日を。
立派に育ちつつある詩音をアレクシスに会わせたいと、どれだけ願っただろう。
叶わない夢だけれど、それでも何度も願った。
「アレクの息子だよ」と言って、彼に詩音を抱き締めてもらう日を。
(神様、ありがとうございます!)
凜奈は思った。
たとえ嘘だったとしても、こうして家族三人で抱き締め合えた奇跡に感謝した。
異世界の花が咲く、王城の庭の真ん中で。

＊＊＊

地球から見れば異世界にあるアストラーダ王国は、凜奈の頭の中にある中世ヨーロッパのイメージそのままだった。

ただ少し違ったのはもうすでに電気が開発されていて、夜になると街灯が灯《とも》り、家の中

も温かい光に満ちていたことだ。

　速度はそんなに早くはないが、軽トラックのような乗り物もあり、荷を引っ張る馬とともにのんびりと石畳の道を走っていた。

　城の中には水道も広い浴室もあり、衛生的にも清潔で、石鹸《せっけん》にはいろんな香りや効能があって、毎日違うものが入浴時には用意された。

　上下水道も完備されていて、電気もあるなんて……！　と感動していると、城の高い監視塔から街をともに見下ろしながら、アレクシスは言った。

「我が国はこの大陸で二番目に大きい。医学に関しては世界で一番発達している。国王が国防と同じくらい医療に力を入れているからな。鉱物も豊富だし、海洋貿易も盛んだ。きっとリンナもシオンもこの国を気に入ってくれると思う」

　渡された望遠鏡を片手に頷くと、アレクシスは笑顔を一変させ表情を曇らせた。

「ただ、我が国は僧侶たちの祈祷《きとう》もあって発展したが、魔法使いだけがいない。三十年前にたった一人いた魔法使いが、弟子も残さずに亡くなってしまったからな」

「そうなんだ」

「そして、亡くなった魔法使いの遠縁にあたるオースティンは、隣国サルナディア王国の名門魔法使いの一族でな。サルナディア王国は、我が国ほど発展してはいないが、魔法使いがたくさんいる。有名な魔法使い学校もあるほどだ。本当に羨《うらや》ましいよ」

その横顔は愁いを帯びていて、アレクシスがどれだけ自国を愛し、大切に思っているのか、心が痛くなるほどわかった。

それもそうだろう。まだ召喚されて来たばかりの凜奈だって、あっという間に虜《とりこ》になってしまうほど素敵な国なのだ。こんな素敵な国を欲しいと思う他国はたくさんあるだろう。

「サルナディア王国から、何人か魔法使いを派遣してもらうことはできないの？」

「それは国際法で禁止されている。派遣された魔法使いが反乱を起こして、戦になることを避けるためにな。だから魔法使いを他国から招き入れるためには、王族との結婚が絶対条件とされているんだ」

「そっか……」

魔法使いのいない世界で生まれ育った凜奈は、いろいろと難しいことがあるんだな……と瞼《まぶた》を伏せた。

大好きな人の母国であるアストラーダ王国には、いつまでも平和でいてもらいたい。平穏でいてほしい。

これが今の、凜奈の素直な気持ちだ。

西の方を見ると、先日バース王国から侵攻を受け、燃えてしまった建物が見えた。

すでに建て直しが始まっているが、あれがこの王都すべてに広がったら……と思うとぞっとする。

争いごとは嫌だ。

醜い争いごとは、いつの世も不要だと凜奈は思っている。

きっと、隣にいるアレクシスもそう思っているのだろう。

先ほどまで凜奈が見ていた焦げた一角を、眉根を寄せて彼も眺めていた。

「さぁ、そろそろ行こうか。国王夫妻との謁見の時間だ」

「はい」

「国王が……父上が、早くシオンに会わせろとうるさくてな。デレデレでみっともない姿を見せるかもしれないが、その時は許してくれ」

「ううん。嘘でも孫としてシオンを可愛がってくれるなら……僕も嬉しいから」

「リンナ……」

そう、たとえアレクシスが信じてくれないとしても、詩音は彼の子どもではない。

凜奈は自分にそう言い聞かせると、何か言いたげなアレクシスの後に続いて、塔をゆっくりと下りたのだった。

「シオンは今年でいくつになる？」

「五歳になります」

「そうかそうか。もうすぐ耳と尻尾が生える年頃じゃのぅ」

「はい！　五歳になったら耳と尻尾が生えると、おかーさんからさっき習いました。とても楽しみです」

「おぉ、しっかりした受け応《こた》えだ」

「あなた！」

国王に面会するため、可愛らしい深緑色のフロックコートに着替えた詩音を膝に抱き、現国王であるアレクシスの父、アンドリューは聡明《そうめい》な孫にメロメロだ。

その姿を、隣に座る母のメリッサが、もっと品位を……と窘《たしな》めている。

ここは絢爛《けんらん》豪華な謁見の間だ。

眩《まばゆ》い黄金が各所に使われ、真っ赤な絨毯《じゅうたん》には埃一つなく、輝くほど磨き抜かれた壁はまるで鏡のようだった。

映画やテレビでしか見たことがない圧倒される美しさに、凜奈は先ほどから感嘆のため息が止まらない。

「こうしてシオンという子までいるのだ。アレクシスの妻はリンナで決まりだろう」

「それでは、どのようにしてこの国をお守りになるというのです。今回は『真実の愛の石』でどうにかバース王国からの侵略を防ぐことができましたけれど、そんなに毎回都合よく『真実の愛の石』が手に入るわけではありませんよ？」

メリッサが再び窘めると、「その問題はありません」と飄々《ひょうひょう》とアレクシスが言った。

「私とリンナは真実の愛を持って愛し合っています。ですから身体を繋げれば、そのたびに『真実の愛の石』は出来上がるかと……」

「ちょっ！　何恥ずかしいこと言ってるの！」

身体を繋げるなどと羞恥極まりないことを堂々と言われ、凜奈はアレクシスの腕をおもいっきり叩いた。

「仕方がないだろう、本当のことだ」

いつの間にか四歳年下になっていたアレクシスが、叩かれた場所を擦りながら情けない口調で言葉にする。

「恥ずかしいかどうかはともかく、『真実の愛の石』は『運命の番《つがい》』を見つけた者しか、作り出すことはできないんですよ！」

「ですから、リンナが私の『運命の番』だったのです」

「…………」

話がよくわからず、詩音と同じようにえんじ色のフロックコートを着て、アレクシスの横に立っていた凜奈は、再び口を開いた。

「あの……『運命の番』とはなんですか？」

「『運命の番』というのは、この世にたったひとりしかいない『奇跡の番』を見つけ出した者同士を言うんだ。俺たちのようにな」

「で、その『運命の番』が愛し合うと、『真実の愛の石』が出来上がるの？」

「そうだ。その石はとても強い力を持っていて、魔法陣代わりにすることができるんだ」

「なんだかよくわかんないけど、すごいんだね」

「——ところで、リンナは今年いくつになる？」

「はい、二十七歳になりました」

「そうか。人生が一番楽しい頃じゃのう」

相好を崩した国王は、義息子になろうという凜奈も気に入ったらしい。先ほどから、なんとかして凜奈にも話を振ろうと隙を窺《うかが》っていた。

見事な耳と尻尾。そして立派な顎鬚《あごひげ》を生やした国王は、アレクシスとよく似ていた。

毛の色は明るい金髪だったが、若い頃はもっとアレクシスに似ていたのだろう。筋骨隆々とした大きな身体はアレクシスとそっくりで、ひょいっと凜奈のことも膝に抱き上げてしまいそうだ。

一方メリッサは聡明な女性で、国王よりも国政をしっかりと担っている感じだ。長く赤い髪の毛を高い位置で結い、長い睫毛を生やした目元はきゅっとつり上がって、気が強そうな印象がある。しかし華のある美しい女性で、リスの耳と尻尾を生やしていた。

「オースティンとの婚約を破棄すればいいではないか」

「何を今更仰《おっしゃ》っているのですか？　二十三年も前から取り決めた、我が国の砦《とりで》ですよ？　私はオースティン殿との婚約破棄は反対です」

「しかし我が国は一夫一妻制ぞ？　この……可愛いシオンとリンナはどうなるのじゃ？」

「それは……」

この問いには、メリッサも黙り込んでしまった。

アストラーダ王国が一夫一妻制だとは聞いていなかった。

だからたとえ自分がアストラーダ王国へ来ても、側室など二番目の立場になるのだろうな……と、凜奈は勝手に思っていた。

なぜなら、それでいいと思っていたからだ。詩音と一緒にアレクシスのそばにいられるのなら。

しかしそう考えていた自分が甘かったようだ。

「仕方ありませんね。リンナとシオンの身の振り方が決まるまでは、王城にいてもいいことにしましょう。その方が『真実の愛の石』を作ることもできるでしょうし、卑しい情報を求めて動き回っている大衆新聞紙からも、二人を守ることができるでしょう」

「母上……」

二人の関係に、少しだけ理解を示してくれたメリッサに、アレクシスが感動していると、

「しかし、これはリンナとシオンの立場が決まるまでです。その後は改装した古城に引っ越してもらいます。二人の生活と地位は保証しますが、アレクシスはオースティン殿と結婚するのですよ！」

「母上！」

そう言うと、メリッサは大きなため息をつきながら、女王専用の扉から謁見の間を出ていってしまった。

どうやらメリッサに強く出られない様子の国王のアンドリューは、膝の上で子ども用の本を読んでいる詩音を、黙ってあやすだけだった。

「――ねぇ、アレク。僕はシオンと生活さえできればいいんだ。だから地位なんていらな

いよ。改装した古城なんて立派な住まいもいらない。またこの街でお花屋さんをやろうかなって考えてる」

「この国に来たからには、リンナとシオンに一般市民の生活なんてさせるわけにはいかない。お前はもう、王家の血を継ぐ正当なシオンの母親なんだ。生母ということは俺の妃だ。それは揺るぎない真実だ」

熱の籠《こも》ったアレクシスの言葉に、静かなアンドリューの声が被《かぶ》さる。

「アレクシスよ、少し頭を冷やせ。本当に守りたい者がいる時こそ、冷静に周囲を観察することが大切ぞ?」

「わかっております、父上」

「そうか。それじゃあ儂は公務に行くとするかの」

立ち上がったアンドリューは、名残惜しそうに詩音の額にキスをしてから、国王専用の扉から謁見の間を出ていった。

玉座に残された詩音は、急にひとりになってしまって、目をぱちくりさせている。

そんな詩音を抱き上げて謁見の間を出ると、すれ違う者が全員こうべを垂れていく。国王と次期国王という存在は、それだけ尊いものなのだ。

「ねぇ、アレク。この嘘はいつまでつき続けるの?」

与えられた広く立派な部屋に三人で入ると、凜奈は真っ先に問いをぶつけた。

「永遠に、だ」

「永遠に……って」

「さっきも言っただろう？　『真実の愛の石』を量産すれば、この国を守ることができる。しかも二人の愛を確かめ合うこともできる。一石二鳥じゃないか！」

アレクシスはまるで名案を思いついたように言ったけれど、根本的な解決策にはなんらなっていない気がした。

その時。

部屋の中で小さな竜巻が起こり、何事かと見ていると、大きくなった竜巻の中から突然人が現れた。

「わぁ！」

驚いてアレクシスの陰に隠れたが、その人物を見て、凜奈は思わず感嘆のため息をついた。

黒いマントを纏い、黒い猫耳と長い尻尾を生やしたその人物は、凜奈が出会った人の中で一番美しかったからだ。

「ご機嫌麗しゅう。アレクシス様」

「お前は……！」

「？」

長くサラサラな黒髪をかき上げて、その人は美麗に微笑んだ。

一瞬女性かとも思ったが、肩幅があり、すらりとした身体つきはどう見ても男性だ。服装も黒いダンディーなスーツ姿で胸もない。

「バース王国からの侵略も無事に回避したとお聞きしたので、何かお手伝いできることはないかと伺いました」

「それにしても無礼ではないか？　エントランスも通らず、王族のプライベートな部屋へやってくるなんて」

「これは申し訳ございません。ですが、こうして直接お会いする方が早いかと思いまして」

「やはり我が国には魔法陣が必要だな。こんな簡単に魔法使いが城に侵入できてしまうようでは困る」

相変わらず二人の会話についていけない凜奈は、不安からアレクシスの袖を掴んだ。

すると美しい男性は目敏《めざと》くそれを捉《とら》えて、再び綺麗に微笑んだ。

「こちらの方は？」

「お前に紹介する義理はない」

「そう言わずに。私たちは特別な関係じゃないですか」

この言葉に舌をチッと鳴らすと、アレクシスは愛しそうな眼差しで凜奈を見た。

「世界一大事な人だ。名はリンナという。うなじも噛んだ。事実上俺の妻だ。美しいだろう」

「おやおや、私という許嫁がいながら『事実上の妻』とは問題発言ですね」

この会話から、凜奈は彼がアレクシスの許嫁である、魔法使いのオースティンであることに気づいた。

（なんて綺麗な人なんだろう……）

アレクシスの話では、彼よりも十歳も年上らしいが、とてもそのようには見えなかった。

自分と同じ年……いや、アレクシスと同じ年くらいに見える。

「可愛らしい方だ。アレクシス様が惚《ほ》れてしまうのもわかる。それにお二人のお子様も」

「違います。この子はアレクの子ではありません！」

「おや、こんなにそっくりなのに？　他の方の子だと申すのですか？」

「……は、はい！」

一瞬鋭くなったオースティンの眼差しに返事が遅れてしまったが、凜奈は嘘を肯定するように力強く頷いた。

　その時、バンッと部屋の扉が開けられ、カイルを先頭として多くの僧侶たちが部屋にながれ込んできた。

「アレクシス様！　リンナ様！　大丈夫でございますか!?」

　そしてオースティンの姿を目にすると、ハッとしてこうべを垂れた。

　アレクシスと凜奈と詩音を守るように、すすすっ……と三人を囲みながら。

「これはこれはオースティン様でしたか。僧侶の多くが、城に感じたことのない気配を察知したものですから……」

「いえいえ、かまいませんよ。それにしても私の微《かす》かな気配を感じ取るとは、この国の僧侶の方々は本当に優秀だ。魔法使いがいなくても、アストラーダ王国がここまで平穏無事でこられたのがよくわかる。でも先日のように他国から攻められた時、脆《もろ》さが露呈してしまいますよ」

「はぁ……」

　この言葉に、僧侶たちはみな困った顔をしていた。

　謁見の間へ三人で行く時、アレクシスから先日起こったバース王国からの侵略について話を聞いた。

幸い僧侶たちの頑張りと、『真実の愛の石』の力で城への損害は防ぐことができたが、王都の一部は戦禍に巻き込まれ、数軒の家が燃えてしまった。死者が出なかったことが不幸中の幸いだったという。

しかし、この件によってアレクシスとオースティンとの結婚を急がせようという声が上がるようになった。

この国では十八歳を過ぎれば成人なので、アレクシスはもうとっくに立派な大人だ。

しかし、『真実の愛の石』さえあれば国を守ることができる。

アレクシスと凜奈が結婚しても、国は守れるかもしれないが、『真実の愛の石』は一週間ほどで砂になってしまうので、そんなに毎週アレクシスと身体を繋げ続けることができるのか。凜奈は体力的に不安だった。

しかもお互いが行為に集中していないと、『真実の愛の石』は出来上がらないという。

（やっぱりアレクや国の人たちのためにも、オースティンさんとアレクが結婚した方がいいんだろうな……）

凜奈がそう思った時だ。

「お兄さんはだぁれ？」

アレクシスに抱っこされたままの詩音が、重たい空気を払しょくするように、呑気《のんき》に口を開いた。

　これに周囲が目を丸くしていると、詩音はもう一度口を開いた。

「ねぇ、おとーさん。あの黒いマントのお兄さんはだぁれ？　お友達？」

　詩音がアレクシスと凜奈の子どもであると『嘘』をついている間、詩音にアレクシスのことを「おとーさん」と呼ぶように教えてある。

　よって詩音は素直にそう言ったのだが、この言葉が不快だったらしく、オースティンは眉根を寄せてマントを翻した。

「まぁ、今回のバース王国の件は良い教訓になったと思います。アレクシス様ももう一度よくお考えください。私はあなた様に側室……いえ、子持ちの愛人がいてもかまいません。それでは」

　そう言うとオースティンは一回転し、竜巻に姿を変えると、文字通り開け放たれた窓から風のように出ていってしまった。

「おとーさん？」

　首を傾《かし》げた詩音に、アレクシスは笑顔を作って、二人でゴブラン織りの長椅子に座った。

「そうだな、友達というよりは知り合いという感じだな」

「そっか。ねぇ、おとーさん。僕はお友達と遊んできてもいい？」

詩音は、この城へ来てからできた臣下の子どもたちと、遊びたくて仕方がないらしい。

凛奈が詩音を子どもたちがいる中庭へ連れていこうとすると、僧侶の一人が笑顔で代わりに中庭へ連れていってくれた。

それに頭を下げると、大きな声が部屋に響き渡った。

「どうなさるおつもりですか⁉」

憤ったその声音は、カイルのものだった。

「何がだ？」

しかしアレクシスは、それを飄々とした様子で受け止める。

「またバース王国のように攻め込まれたら、魔法使いのいない我が国は、次こそダメかもしれませんぞ。早くオースティン様とご結婚をしていただかねば、我々僧侶の中にも、死者が出るやもしれませんのですぞ」

「絶対に死者は出さん。そしてこの国も守ってみせる」

「アレクシス様！　現実をご覧くださいませ！」

「俺とリンナがいれば、『真実の愛の石』でこの国を守ることができる！」

「ちょっと待って！　僕は怖いよ。毎回愛し合ったとしても、アレクと『真実の愛の石』を作ることができるかわからない。そんな自信ないよ！」

本心を口にすると、アレクシスは驚いたように目を見張った。

「なぜそのようなことを言う、リンナ。お前は俺を愛していないのか？」

「この国ではまだ二週間ぐらいしか経っていないけど、僕はもう五年もアレクを待ってたんだよ？　その間に心変わりしたとか、アレクは考えないの？」

これは嘘だ。

本当は今でも、恋に落ちたあの日と変わらず、アレクシスを愛している。

でも、二人でこの国を守ろうと言われても、プレッシャーばかり感じて、本当にアレクシスを愛しているのか、わからなくなってしまう。

困惑したアレクシスの表情が胸に痛かった。

本当は今でも愛していると抱きついて、癖のある茶色い髪を撫でたかった。

もふもふの狼耳をいっぱい撫でて、その頰にすりすりと頰ずりしたいほど大好きだった。

でも、今はそれをしてはいけない。

自分は、彼以外の相手の子どもを産んだことになっている。

彼に不実を働いたことになっているのだ。

「――失礼いたします。アレクシス様、パルシュナ王国の王太子様がいらっしゃいました」

「もうそんな時間か……」

呟くとアレクシスは長椅子から立ち上がり、詩音の頭を一つ撫でた。

「まぁいい。この話は今夜ゆっくりしよう。リンナ、疲れたからと言って、またシオンと一緒に寝てしまってはダメだぞ」

「わ……わかったよ」

頬を染めながら俯《うつむ》くと、アレクシスは凜奈の頬にキスをして、来客を告げに来た従者とともに部屋を出ていった。

「リンナ様もよく考えてくだされ。この国にとって一番良い答えを」

「うん……」

難しい顔をしたカイルの言葉になんとなく頷くと、僧侶たちはカイルを先頭に部屋を出ていった。

「はぁー……」

ひとりになった空間で、凜奈は詰めていた息をやっと吐き出すことができた。

ボスッと一人掛けのソファーに身を任せる。

天を仰ぐと、美しい女神が妖精と戯れる繊細な天井画が見えて、心が癒《いや》される気がした。

「どうしたらいいいんだろう」

悩む凛奈はそのまま目を閉じた。

すると緊張から毎晩なかなか眠れないせいか、うとうとと浅い眠りを彷徨うと、菊乃湯に詩音と一緒に行く夢を見た。

いつもの商店街のおじいさんたちが、詩音の頭を洗ってくれたり、からかったりして笑っている。

凛奈はそれを見て笑っているのだが、ここにアレクシスがいればもっと楽しいだろうな……と思いながら涙を零していた。

このことに気づいたのは、臣下の子どもたちと、泥んこになって遊んできた詩音に起こされた時だった。

今はもうアレクシスがそばにいるのに、なかなか彼がいなかった時の記憶が拭いきれない。

凛奈は再び愛しい彼から、本当に離れることができるのかな？　と思ったのだった。

凛奈と詩音がこの世界に召喚されて一カ月。

城の中は、二つの意見で割れていた。

アレクシスと凜奈をこのまま結婚させ、『真実の愛の石』で国を守ろうという国王派と、決められた通りオースティンとアレクシスを結婚させ、魔法の力で国を守ってもらおうというお妃派だ。

しかしどちらの派閥も、本当に自分たちの考えが正しいのか悩んでいる様子で、これといって強く出る者もいなかった。

（アレクが僕と詩音を召喚してくれたのは嬉しいけれど、やっぱりこの世界に僕たち親子は来ない方がよかったんじゃないかな……？）

今は春だという心地のよい日差しの中。

凜奈は中庭に造園された、緑と花々が美しい迷路をぼんやりと歩いていた。

もしもの時のために……と、今詩音は、高名な教授から帝王学を学んでいるので、はっきりいって凜奈はすることがなかったのだ。

ここへ来てまだひと月しか経っていないけれど、心が疲れすぎて、もうずいぶん長くいるような気がする。

それに城内はこの状況だ。

凜奈は、詩音がアレクシスの子どもではないと言い張っていることもあり、まだアレクシスとはキスひとつしていなかった。

アレクシスからは、何度も秋波を送られているのだが……。

「リンナ様、リンナ様」

そんな時だ。

自分を呼ぶ微かな声がして、凜奈はきょろきょろと周囲を見渡した。

しかし周囲に人は居《お》らず、そばの木にカラスが一羽とまっているだけだった。

「あぁ、リンナ様。やっとこちらを向いてくださった」

カラスはそう言うと一瞬にして人の姿になり、凜奈の足元に跪いた。

「驚かせてしまい申し訳ございません。私はオースティン様の側近で、ランドルと申します」

「ラ、ランドルさん……？」

「はい」

驚く凜奈に、犬の耳と尻尾を生やした青年は、スマートなスーツ姿でこうべを垂れた。

そして凜奈が戸惑っていると、ランドルと名乗った金髪の美青年は、青い瞳をこちらに向け、真摯な眼差しで口を開いた。

「私のような身分でお願いごとなど、無礼であることは百も承知です。ですがお願いです。

オースティン様はアレクシス様のことを本気で愛しています。どうかお妃様の座を、オースティン様にお譲りください」

「譲るなんて……僕はまだアレクとは婚約もしていません」

「はい。ですからどうか婚約や結婚をせずに、このままアレクシス様とオースティン様の仲を邪魔しないでいただきたいのです」

『邪魔』という言葉が深く胸に突き刺さった。

この国では自分は邪魔な存在なんだ……と、凜奈は思い知った気がしたからだ。

確かに、あのまま小さな商店街で細々と花屋を営み、ひとり息子の詩音を育てていればこんなことにはならなかった。

子育てをするには、アレクシスが昔くれた、簞笥預金がたくさんあったので困らなかったし、きっとアレクシスはオースティンと結婚して、この国も安泰だったのだろう。

だけど、自分がこの世界にやってきてしまったから、話がややこしくなったのだ。

「リンナ様、リンナ様！　不審な気配を感じます。今すぐお部屋にお戻りください！」

その時、僧侶の一人が迷路の外から大声で凜奈を呼んだ。

「もしかして迷路で迷子になられたのですか？　では、私がそちらに参りますので、お待ちください！」

袖の長い、白い上衣を纏った青年が走ってくるのが見え、「本当にこの国の僧侶様は勘がいいですね」とランドルは口角を上げると、再びカラスの姿になって飛んでいってしまった。「先ほどの件、どうかお考えくださいね」と言い残して。

「大丈夫でございますか？　リンナ様。不審な気配は消えましたが、お怪我などはされていませんか？」

迷路の中にいた凛奈のもとへ、やっと辿り着いた若い僧侶は、心配そうに凛奈の全身を見ていた。

「大丈夫だよ。なんでもない。ただちょっとお客様が来ていただけ……」

そう言った時だった。

急に凛奈は目の前がぐるぐると回り出し、平衡感覚を失った。

そして心の中を『邪魔』という言葉が支配して、全身の力が抜けると、暗闇《くらやみ》の沼に堕《お》ちるように、すーっと意識を失ったのだった。

第四章　年下パパは子育て上手⁉

目が覚めると、凜奈はベッドの上にいた。

「リンナ、大丈夫か？」

「アレク……」

青ざめた顔で手を握ってくれているアレクシスに目をやると、ベッドの周りには医師や看護師、複数の僧侶《そうりょ》たちがいて、なんだか大変なことになっていたのだと察した。

「えーっと、僕は……」

アレクシスに問うと、彼は青い顔で答えてくれた。

「僧侶の一人が不審な気配を感じてリンナを迎えに行ったら、そのまま意識を失って倒れたんだ。目が覚めてよかった」

「きっと異世界からこの世界へ召喚されて、精神的にも疲労が蓄積されていたのでしょう。この世界へ来てからはあまり眠れていなかったのではないですか？」

医師の言葉に、凜奈は小さく頷《うなず》いた。

「はい……夜になると言葉にできない不安が襲ってきて……なかなか寝つくことができませんでした」

「そんな……どうして俺に相談してくれなかったんだ？」

「アレクは外交や国政で忙しそうだったし……眠れないのは僕の問題だから。だから……」

「だから事実上の夫である俺に、相談できなかったっていうのか？　そんな悲しいことを言わないでくれ、リンナ」

両手で握り締めた凜奈の手に額を当て、アレクシスは顔を上げなかった。

彼を思ってのことだったのだが、それが逆にアレクシスを傷つけてしまったらしい。

それにおろおろしていると、医師の男性がにっこり微笑《ほほえ》んでくれた。

「大丈夫ですよ。心が少し軽くなるお薬を出しておきますから。寝る前に、侍女に煮だしてもらって、飲んでから寝てください」

「はい……」

「では、もう少しベッドで休まれてくださいね」

そう言葉を残して、医師と看護師、僧侶たちがこうべを垂れて部屋を出ていった。

アレクシスだけ、今なお凜奈の手を握り締め黙ったままだ。

「あ、あの……アレク。ごめ……」

申し訳なさから、動かぬアレクシスに謝ろうとした時だった。

「よし！　決めたぞ、リンナ。家族三人で王城を飛び出そう！」

「えっ？」

榛色《はしばみいろ》の瞳《ひとみ》を輝かせながら、アレクシスは楽しそうに凜奈を見た。

「だから、ギスギスした王城を飛び出して、離宮でのんびり家族三人で暮らそう！」

その瞳の輝きは、昔初めてリボンの飾り結びができた時のように、希望に満ちてきらきらと輝いていた。

「そ、そんなことできるの？　じゃあ、アレクは仕事はどうするの？」

「俺が王城まで毎日通勤すればいい。ただそれだけのことだ」

「通勤……」

凜奈が呆気《あっけ》に取られていると、「よーし、決めたぞ！」と言って、アレクシスは立ち上がった。

「善は急げだ。国王にこのことを伝えてくる。あっ、リンナはもう少し休んでいろ。身体《からだ》を大事にしないと、『真実の愛の石』も作れないからな」

「う、うん……」

さっきとは打って変わって元気を取り戻したアレクシスは、凛奈の布団をかけ直してくれると、本当に国王に会いに行くのか、嬉《うれ》しそうに部屋を出ていってしまった。

「冗談……だよね」

アレクシスとオースティンの結婚について、揉《も》めに揉めている最中。自分たちが城から出られると、凛奈は思っていなかった。

だから医師にもらった薬を飲んで、ふぅ……と深く息を吐き出すと、再び枕《まくら》に頭を沈めた。

もし、アレクシスが言っていた家族三人の暮らしができたら、どんなに嬉しいか？

この城では侍女や従者、僧侶たちの監視が厳しい気がしていたので、家族三人で寛《くつろ》げる自由を、凛奈も欲していたのは事実だった。

＊＊＊

「うわぁ！　おとーさん、おかーさん！　海だよ！　海が見えるよ！　綺麗《きれい》だね！」

「そうだね、綺麗だね。さぁ、シオン。危ないから、ちゃんと椅子《いす》に座りなさい」

「はーい」

はしゃぐ詩音を椅子に座らせると、凜奈は窓からきらきらと輝く海を眺めた。

今、豪奢《ごうしゃ》で立派な六人乗りの馬車には、凜奈とアレクシスと詩音しか乗っていない。

普段ならば必ずどこへ行くにも、侍女と護衛の兵士と僧侶が乗っているのだが、今は家族三人だけだ。

うみねこが鳴き、初夏の到来を告げるかのような眩《まぶ》しい日差しに、詩音の心も躍っているようだ。いつもより落ち着きがなく、無邪気に、そして伸び伸びとしているように見える。

きっと詩音も、王城では厳しい教授陣や、傷ひとつ負わせまいと目を光らせる侍女や従者、僧侶たちに気を遣っていたのだろう。

しばし臣下の子どもたちともお別れだが、その寂しさよりもワクワク感が勝っているようだ。

離宮にいる間は、王族が代々通っている幼稚園への通園が許可されたので、それもまた楽しみなのかもしれない。

「本当に王城を飛び出しちゃったね」

凜奈の呟《つぶや》きに、向かいに座っていたアレクシスが微笑む。

「あぁ。でもそれで俺たち本来の生活ができれば、それに勝るものはない。それに離宮には、必要最低限の侍女や従者や僧侶しかいない。だからきっとリンナの緊張も解《ほぐ》れて、『真実の愛の石』を作ることにも励めるさ」

「もうっ！　アレクってば……」

耳まで真っ赤になると、凜奈は再び海を見た。

これから向かう先は、王城から馬車で一時間ほどのところにある、『碧《あお》の離宮』と呼ばれるところだ。

王城の三分の一というコンパクトさだが、それがいいのだとアレクシスは言う。部屋数も五十室程度なので、家族……今なお詩音は、違う男の子どもだということになっている……が、どこにいるのか、王城よりもわかりやすいし、何より海が近いので、これからの季節は毎日のように海に入れるぞと気の早いことまで言われた。

アストラーダ王国はまだ四月の下旬だが、アレクシスは当分碧の離宮に住むつもりらしい。侍女に三人分の水着を用意するように、本気で言っていた。

確かにその方が、凜奈も羽を伸ばせるし、台所も自由に使っていいということなので、久しぶりに料理の腕を振るうことができる。

アストラーダ王国の食べ物は、主食がご飯だったりと、凜奈がいた世界とよく似ているので、久しぶりに和食が食べたいと思った。

好物のきんぴらごぼうなど作れたらいいと思って、今からワクワクしている。

本当は、国の将来を決めるオースティンとの結婚について揉めている最中に、愛人の身分であるコブ付きのオメガと王宮を飛び出すなんて、スキャンダルものだ。

でも国王であるアンドリューは、悩みながらも許してくれたという。

国王としては城に留《とど》まるように言うべきなのだろうが、父親として、二人と可愛《かわい》い孫を思い承諾してくれたらしい。

本当にありがたいことだ。

そうして馬車に揺られること一時間。

アレクシスと凜奈と詩音は碧の離宮に着いた。

黄色い石の敷かれた馬車寄せで馬車を降りると、凜奈は頷いた。

なぜこの城が『碧の離宮』と呼ばれているのか、わかったからだ。

城の外壁に、青みがかった爽《さわ》やかな色をした大理石が使われているからだ。

「素敵なところ……」

凜奈が呟くと、あとから降りてきたアレクシスが肩を抱いてきた。

「気に入ったか？」

「うん」

そうして二人で中に入ると、大理石のエントランスの正面に両翼の階段があり、天井にはアストラーダ王国の四季が描かれていた。

王城ほど金銀宝石を使った華やかさはないが、とても可愛らしい城で、家族三人で過ごすには十分すぎると思った。

「さぁ、シオン。ここではおとーさんも一緒に遊べるぞ。確か庭に立派なブランコがあったはずだ。一緒に乗りに行こう！」

「本当に！　乗る乗る！」

凜奈の足元で天井画を仰いでいた詩音を抱き上げると、アレクシスは両翼の階段の奥にある庭へと続く扉へ、詩音と消えていった。

（そういえば、王城にいた頃は、詩音とアレクシスが遊んでいるところを見たことがないな……）

そう思って立ち尽くしていると、仲の良い侍女のアリアに声をかけられた。

「どうかなさいましたか？　リンナ様」

「いや……王城にいた頃は、アレクはシオンと遊んではくれなかったな……と」

「それはそうですわ。次期国王となるお方が、たとえご自分のお子様だったとしても、一緒に遊ぶなんて。そんな品位を問われること、王城ではなさりませんわ」

「そうなの？」

「はい。だからそういう暗黙のルールがある王城を飛び出して、アレクシス様はここへ来られたんですわ」

「なぜ？」

「ここならそういうことに口出しする嫌味な貴族もおりませんし、最低限の者しかおりませんので、伸び伸びとお子様……シオン様とも遊べるからですわ」

「そうだったんだ……」

アレクシスは説明が足りないと思った。

ただ「家族三人でのんびり過ごすために離宮へ行くぞ！」としか、凜奈には説明がなかった。

でもそういうしがらみから解放されるためにこの離宮へ来たのだったら、凜奈もアレクシス同様、羽を伸ばそうと思った。

その途端にお腹がぐ～っと鳴って、凜奈はひとりで小さく笑った。

「台所をお借りしてもいいですか？　それと今ある食材を全部出してください。僕がいた国のご飯を皆さんに振る舞います」

「まぁ！　本当ですか？　それは嬉しいことですわ」

アリアに言うと、彼女はこの離宮を管理している者のもとへ駆けていった。

「さぁ、腕を振るうぞ！」

凜奈は急に元気になった気がして、自然と笑顔になった。

これから家族三人の生活が始まるのだ。

＊＊＊

「行ってきまーす！」

「行ってらっしゃい」

「それでは行ってくる」

「アレクも気をつけて行ってらっしゃい」

大理石でできたエントランスで、凜奈はアレクシスの頰《ほお》にキスをした。そして小さな詩音の額にも。

二人ともそれぞれ専用の馬車に乗り、アレクシスは王城へ、詩音は幼稚園へと向かう。

それを馬車が見えなくなるまで、凜奈は手を振って見送った。

今日もアレクシスと詩音は、凜奈が作った朝ご飯を食べて、それぞれの職場や幼稚園へ行った。

凛奈はフロックコートが動きにくくて仕方ないので、離宮の中では、麻でできたシャツとズボンを穿《は》いていた。足元は革でできたスリッパだ。エプロンも料理長から専用のものをもらい、それを毎日洗濯しては身に着けている。

完全に姿は商店街にいた頃のように、『おかん』状態だ。

しかし、これが凛奈には一番似合っていて、身体にしっくりくる格好だった。

今朝《けさ》のメニューは青菜と鰹節《かつおぶし》の和《あ》え物と、だし巻き卵。特製の昆布の佃煮《つくだに》と焼き魚。そして研究して作った、なんちゃってぬか床で漬けたきゅうりとナスと、炊きたての白米だった。

完全に和食だ。

もともと白米を食べる文化の人たちなので、洋食しか食べたことのない料理長やそのスタッフ、そして侍女や従者、僧侶たちにも凛奈の和食は実に好評だった。

そうしてから凛奈は、侍女たちに教わりながら、この国の洗濯の仕方をマスターし、アレクシスと詩音の服を洗濯して、自分たちの寝室や食堂を掃除した。

すると午前はあっという間に過ぎて、料理長が作ってくれた美味《おい》しいお昼ご飯を食べてから、凛奈は生花が売られている市場へ行き、残っている中でも良い花を選んで、水揚げをし、商売に興味があるという侍女を数名連れて、街へ花を売りに行った。

売りに行くといってもリアカーに乗せた花々をそのまま広場の隅に並べて、安価で販売しているだけなのだが、この国ではまだ水揚げという技術が発達していないらしく、凜奈の店の花は綺麗で元気がいいとよく売れた。もちろん販売許可証は取得済みだ。

そうして日が暮れだすと城へ戻り、着替えて、夜はフロックコートを纏《まと》って、家族三人でマナーの勉強も込みで夕食を取った。

頭が良く、物覚えの良い詩音はすでにテーブルマナーを会得していて、家庭教師の先生からは、もう教えることはないとまで言われている。

凜奈はまだまだという感じだが、頑張ってテーブルマナーも会得しようと努力していた。

この世界に来たばかりの頃はこんなことはまったく思わなかったが、最近はアストラディアン王族の末席に連なるのなら、自分もちゃんと社交界で通用する人物にならなければ……と思うようになっていた。

これも碧の離宮へやってきて、自分らしく振る舞うことができるようになったからだろう。

侍女や従者や僧侶との関係も良好で、自ら心を開けば、相手も心を開いてくれるのだと、凜奈は改めて知った。

詩音も幼稚園が楽しいようで、毎晩夕食時に今日何があったかを面白おかしく教えてくれた。それを公務を終えたアレクシスと聞きながら笑い、食卓は食堂室についているシャンデリア同様に明るいものだった。

夜は大きなベッドに家族三人で入り、アレクシスが絵本を読んでくれた。

アストラーダ王国には子ども向けの本が少ないので、分厚い冒険譚《ぼうけんたん》を読んでくれるのだが、詩音はそれがお気に入りで、一緒に風呂《ふろ》に入っていても、早く本の続きが知りたいといつも言っていた。

風呂場もちょっとした旅館のように広いのだが、アレクシスは小さい頃、年下の従兄弟《いとこ》の面倒をよく見たものだと言って、器用に詩音の頭や身体を洗ってくれた。

しかも風呂に浸《つ》かるとこの国の数え歌まで教えてくれて、詩音も楽しそうにそれを教わっていた。

休日は詩音と庭でボール投げをして遊んだり、釣りへ行ったり、時には模擬刀を使って、剣の稽古《けいこ》までつけてくれた。

そんなアレクシスを見て、実は彼は子育て上手なのではないか、と凜奈は思うようになってきた。

もちろん自分も母親として詩音の話を聞いたり、ぐずった時はあやしたりしているが、話を聞くのも、あやすのも、アレクシスの方が何倍も上手な気がした。

（アレクのイクメン度がこんなに高いなんて……）

子どもは泥んこになって遊ぶのが大好きだ。

そうして詩音が泥んこになって遊んでくると、凜奈は「まったくもう！」とお小言を言ってしまうが、アレクシスはお小言を言うどころか、「豪快に遊んだな。楽しかったか？」と笑顔で言い、そのまま詩音の服を脱がせると、うまいこと風呂に入れてしまう。

（アレクは手際もいいんだな……）

などと感心していると凜奈も風呂に呼ばれて、結局三人で入ることになってしまう。

この生活は、凜奈にとってとても楽しいものだった。

伸び伸びと羽を伸ばし、愛《いと》しいアレクシスは息子の詩音を可愛がってくれて、これ以上の喜びがどこにあるというのか。

しかしある日。

朝から詩音の様子がおかしかった。

普段は幼稚園へあんなに行きたがるのに、「今日は行きたくない」と駄々を捏《こ》ねたのだ。

どうしたのかと思い熱を測ると、水銀式の体温計は三十七度八分を指し、鼻水を啜《すす》り、真っ赤なほっぺたをして、明らかに風邪《かぜ》をひいているようだった。

「どうしよう……」

凜奈がひとり困っていると、出勤前のアレクシスがやってきて、「幼稚園は休ませろ」と言った。

そして医師を呼び、凜奈にミルクがゆを作るように言うと、詩音をベッドに寝かせて、午前中の仕事をすべてキャンセルしてくれたのだ。

そうしてアレクシスは医師の診察に付き合い、ミルクがゆを詩音に食べさせ、薬をさっと飲ませたかと思うと、あっという間に寝かしつけてくれた。

詩音が眠る隣の部屋で、ソファーに並んで座り、二人は侍女のアリアが入れてくれた紅茶を飲んだ。

「本当にありがとう、アレク。どんなに侍女や従者の方がいても、詩音が熱を出すと、ひとりで子育てしてた時を思い出して、パニックになっちゃって……」

「確かに地球での五年間は苦労をかけた。でも、もう俺がいるから安心しろ。俺を頼って、ともにシオンを育てていこう」

「うん」

そう言って凜奈が大きく頷くと、すっと顎《あご》を取られた。

そしてそのまま端整な顔が近づいてきて、ゆっくりと唇を塞《ふさ》がれた。

それは本当に久しぶりのキスだった。

アレクシスにとっては数カ月ぶりかもしれないけれど、凜奈にとっては数年ぶりのことだ。

柔らかく温かい彼の唇が名残惜しそうに離れていくと、なぜか凜奈は泣いていた。

どうして自分でも泣いているのかわからなかったが、涙が次から次へと溢《あふ》れ出して止まらない。

そんな凜奈をアレクシスは大事に抱き締めてくれた。

「大丈夫だ、安心しろ。ここには俺がいる。もっと俺を頼って甘えてくれ、リンナ。俺はそのすべてに応《こた》えよう。どんな時も俺たちは一緒だ」

「アレク……」

彼を見上げると優しく微笑まれた。

そしてもう一度キスをすると、アレクは訊《き》いてきたのだ。

「さぁ、真実を教えてくれ。シオンは俺の子どもなんだろう？　俺とオースティンの結婚を邪魔しまいと、嘘《うそ》をついているのだろう？」

「それは……」

「俺はもう確信している。だってシオンの父親だぞ？　言葉がなくともわかっている。あの子があの夜にできた子だって」

「……そうだよね。わかっちゃうよね」

諦《あきら》めのため息をつくと、凛奈はこくりと頷いた。

榛色の瞳に、父親譲りの茶色い巻き毛、肌の質感などは凛奈によく似ているが、身体つきや聡明《そうめい》な点など、アレクシスにそっくりだ。指やつま先の形まで。

「そうだよ。詩音はあの日にできた子だよ。本当はあの日、僕は発情期だったんだけど、フェロモンの匂《にお》いだけ消す薬を病院でもらってきて、詩音を妊娠したんだ。どうしてもアレクとの子どもが欲しくて」

「そうだったのか」

「でもね、ひとりで育てる覚悟は決めていたんだ。アレクにはオースティンさんっていう素敵な許嫁《いいなずけ》がいる。だから、お腹に子どもができても、僕ひとりで育てる覚悟は決めていたんだ」

凛奈は小さく笑うと、ひとりで子育てに奮闘していた日々を思い出した。

「けれど、いざ子育てをひとりでするとなると結構大変でね。朝早くにシオンを抱っこして生花市場へ行って、花の買いつけをして。抱っこしたまま開店準備をして、接客して。今日みたいに熱を出すとお店を閉めて面倒を見なければいけなかったし、自分の時間なんて全然なくて……大きくなるにつれて、僕の子育ては合ってるのかなとか悩んだり、苦しんだりしたけれど、相談できる相手もいなくて。こんな時にアレクがいてくれたらって何度も思った。何度も」

「リンナ……」

アレクシスが、抱き締める腕に力を込めた。

「本当に申し訳ない。時空が歪《ゆが》んでしまっていたとしても、五年間もリンナをひとりにさせてしまったことを、本当に本当に悔やんでいるよ。すまん、リンナ」

「アレク……」

おずおずと、ゆっくりと。凜奈は緊張しながらアレクシスを抱き締め返した。

この時、本当の夫婦になれた気がした。

彼が嚙《か》んだうなじが、じんわり熱くなった。

こんなことは初めてだった。

やっぱり、オメガはうなじを嚙まれると、その人の永遠の妻になるのだ。

それを思い知った気がした。

「おとーさん、おかーさん……」

その時、可愛らしい詩音の声が聞こえて、小さく開けられたドアから彼が目を擦《こす》りながらやってきた。

「シオン、気分はどう？」

「うん、ちょっと元気になったの」

「そう、それはよかった。先生がくださったお薬が効いたんだね」

大きなストールで詩音を包み、抱き上げると、凜奈はアレクシスが座るソファーの隣に腰を下ろした。

本当の家族三人で、こうしてゆったりとした時間を過ごしていると、また涙が溢れそうになった。

これで完全にオースティンとアレクシスの結婚の障害となってしまったけれど、凜奈は心を強く持つことにした。

オースティンの側近だというランドルには『邪魔』だと言われたけれど、この家族三人の時間を守るためだったら……愛しい人の母国であるアストラーダ王国を守るためだったら、毎晩でもアレクシスに抱かれる覚悟ができた。

それにお妃様には申し訳ないけれど、自分もアレクシスの花嫁候補になろうと思った。

向こうが魔法で迫ってくるのなら、自分はアレクシスと愛し合って、『真実の愛の石』を作るまでだ。

凜奈は急にやる気が出てきた。

こんなにも闘争心を燃やしたのは、生まれて初めてかもしれない。

(僕はシオンの母親なんだ。だから絶対にアレクのお嫁さんになってみせる！)

そう心に誓いながら、まだぼんやりしている詩音をぎゅっと抱き締めた。

アレクシスは元気になった息子のフニフニのほっぺたを突いたり、くすぐったりしながら遊んでいる。

この光景に心が和んでいくのがわかった。

母親なのだから、お妃様のメリッサのように、強く賢く美しくなければ。

凜奈はそう思いながら、この幸せを嚙み締めていたのだった。

＊＊＊

「アリアさん」

凜奈は、何枚ものシーツを抱えているアリアを廊下で呼び止めると、一番近くにあった部屋に二人で入った。

「えっ!?　お妃教育を受けたいですって！」

品の良いピンク色のドレスに身を包んだ彼女は、金色の立て巻きの髪を揺らしながら驚いた。頭にはうさぎの耳がついている。

「うん！　僕、アレクシス様のお妃様に立候補しようと思うんだ。だからお妃教育を受けたいんだ」

「そう言われましても、お妃教育はそれはそれは大変でございますよ？」

心配そうに眉《まゆ》を寄せた彼女に、リンナは大きく頷いた。

「それは覚悟の上だよ。でも僕はやっぱり家族三人で暮らしたいんだ。これから先、王城に戻ったとしても、立派な貴族として振る舞えるように、僕、頑張りたいんだ」

凜奈の熱意を感じ取ってくれたのか、アリアは、覚悟を決めたように頷いてくれた。

「わかりました。では、お妃教育に長《た》けているクレア夫人にお願いしてみますわ。リンナ様にお妃様教育をしてくださるように」

「ありがとう、アリアさん。僕が無事にお妃様になった時も、侍女としてそばにいてね」

「そんな光栄なこと……わかりました。わたくしも協力できることはなんでもいたしますわ」

こうして凜奈のお妃教育が始まった。

アレクシスは心配していた。

　まだこの世界に慣れていない凜奈が、お妃としてアストラーダ王国の歴史から文化や作法、そして他国の王妃との外交の仕方や、人々を魅了する振る舞いとカリスマ性の習得、それから一度も踊ったことがないというダンスや、歌や、品のある手紙の書き方まで。ありとあらゆることを徹底的に学ばなければいけないことに、ついていけるのか、とても不安を感じているらしい。

　確かにお妃教育は厳しいものだった。

　凜奈は貴族の出ではない。小さな商店街にある花屋の息子だ。

　そんな凜奈が、本当に品位あるお妃になれるのだろうか。

　周囲もハラハラしながら見守っていたが、凜奈はこれまで見せたことのない頑張りを見せていた。

　ダンスは練習相手の足を踏んづけたり、転んで足首を捻《ひね》ったり、全身青あざを作りながら、毎日頑張った。そのおかげもあって、ダンスもかなり上手になり、アレクシスはホッと胸を撫《な》で下ろした。

　手紙がまだ連絡手段の筆頭であるこの国では、ウィットの利いた品のある文章を学ばなければならなかったし、それ以前に美しい文字が書けるようにと、クレア夫人から多くの宿題を出された。

それを凛奈は、詩音を寝かしつけてから行い、なんとか美しい文字を書くことができるようになった。

次に苦労したのが、貴族の嗜《たしな》みである詩だ。

幸い歌は得意だったので、すぐにOKが出たが、季節や愛を詠った詩を書くことが、実に難しかった。

これまで詩など学校の授業でしか触れたことのなかった凛奈にとって、一体どうやって書けばいいのか、皆目見当もつかなかったのだ。

そんな凛奈にヒントをくれたのは、幼い詩音の歌だった。

汽車のおもちゃで遊んでいた詩音が、何気なく歌っていたフレーズだ。

るるるん、らららん
るんるん、らんらん
今日は素敵な雨日和《びより》
新しい傘も、飴《あめ》(雨)玉弾《はじ》いてよろこんでる
るるるん、らららん
るんるん、らんらん

さぁ、行こう。長靴鳴らして
魔法の国はもうすぐだ

これだ！　と凛奈は思った。

短い言葉の中に、自分が感じたことを素直に書き込めばいいのだ。

確かに難しいフレーズを多用する貴族もいるが、自分もそうなれとはクレア夫人には言われなかった。

だから凛奈は自分が思うままに、瑞々《みずみず》しい言葉で詩を書き上げたのだ。

これが実に秀逸で、クレア夫人に絶賛された。

そうして貴婦人ばかりが集まる歌会で、クレア夫人に勧められてこの詩を披露すると、さらに絶賛され、リンナの名前は社交界でも知られることとなった。

その複雑な立場とともに――。

でもいずれ国王となる詩音の母だ。地位は貴族の中でもずば抜けて高く、凛奈に何か言ってくる者は誰《だれ》ひとりいなかった。

その代わり、次期国王の生母と少しでもお近づきになろうと、凛奈のもとには貴婦人たちが群れをなしてやってきた。

それからというもの遊びの誘いやお茶会、歌会などに呼ばれることが増え、凜奈の生活は一変した。

ある夜。リンナは思わず悩みを吐露してしまった。

「――育児と社交界の付き合いって、どうやって両立すればいいのかな？」

天蓋《てんがい》付きのベッドの中。家族三人で川の字になって眠りながら、凜奈はすやすやと眠る詩音の背中を優しく叩《たた》きながら、ぽつりと呟いた。

「どうした、突然。そのために、シオンには優秀なベビーシッターをつけただろう？」

甚平がよほど気に入ったのか、こちらの国に戻ってから甚平を作らせ、寝間着にしているアレクシスが、目を瞬《しばたた》かせた。

「そうだよね……でも、これまでずっと自分の手でシオンを育ててきたから。ベビーシッターさんに預けて、自分は社交界の遊戯場に行くっていうのに慣れなくて。なんだか罪悪感」

「それじゃあ、そんな罪悪感が消えてしまうようなことを、俺と一緒にするか？」

「えっ？」

にやりと笑ったアレクシスは、言葉の意味を察して頬を染めた凜奈の手を取ると、二人でそっとベッドを抜け出した。

そして隣の部屋へ行くと、アレクシスはベッドの上に凜奈を寝かせた。

「……いつも電気は消してって言ってるでしょ？」

「わかったよ」

微笑んだまま言うと、アレクシスは部屋の明かりを消してくれた。

しかし、カーテンの閉められていない大きな窓からは、満月の明るい光が差し込んでいるので、あまり電気を消した意味はなかった。

それでも要求は果たしたとばかりに、アレクシスは嬉しそうにベッドに乗り上げてきた。

そうして凜奈の唇を優しく奪うと、下唇を食《は》みながら唇を離し、榛色の瞳で黒い瞳を覗《のぞ》き込んでくる。

「好きだ、リンナ。誰よりも何よりも愛してる」

眇《すが》められた目が、どんな巧みな言葉よりも如実に愛を伝えてくる。

「うん、僕も。アレクが世界で一番好き……」

きっと少し前なら、恥ずかしくてアレクシスに気持ちを伝えることはできなかっただろう。

でも今は、もう恥ずかしがることをやめた。

やめたというより、必死に我慢している。

なぜならこうして愛を伝えることも、夫婦円満の秘訣《ひけつ》だとわかったからだ。

（アレク……大好き）

今も外交や国王を手伝っての仕事は忙しそうだけれど、それでも自分を大事にしてくれて、詩音の面倒もよく見てくれて、アレクシスには本当に感謝していた。そんな百点満点のおとーさんが凜奈も詩音も大好きだ。

パジャマのボタンをゆっくりと外されて、少しもどかしい気持ちになる。

すでに下半身は、これから与えられる快感を期待して頭を擡《もた》げ出し、凜奈はもぞもぞと脚を擦り合わせた。

やっとパジャマのボタンが外されて、首筋に口づけられた。

その唇はするすると下へと下りていき、外気に触れてつんっと立ち上がった乳首に触れた。

「あっ……」

羞恥《しゅうち》と期待で声が漏れる。

するとアレクシスの舌がぺろりと乳首を舐《な》め上げて、まるで赤ん坊がするようにちゅうちゅうと吸いついてきた。

「ん、あぁ……」

それはやがて舐められたり、歯を立てられたり、淫靡《いんび》な行為に変わっていき、下に穿いていたパジャマのズボンと下着も脱がされてしまう。

「勃《た》ってるな……」

熱っぽく囁《ささや》かれて、凜奈は首まで真っ赤になった。

「もう、そういうこと言わないで……」

怒ってアレクシスの両頰を摘《つ》まむと、彼は楽しそうに笑った。

「すまんすまん、嬉しくてな。ほら、俺ももうこんなだ」

「あ……」

太腿《ふともも》に押しつけられた彼の股間《こかん》はすっかり硬くなり、すでに臨戦態勢だ。

「そんなに僕のことが欲しかったの？」

照れながらも問えば、彼は男の色香を放ちながら耳たぶを噛んだ。

「あぁ、リンナが欲しくて仕方なかった。朝からずっとこうするタイミングを探してた」

「もう、バカッ！　ちゃんとお仕事してください」

茶色い巻き毛に指を絡ませながら頰を膨らませると、彼はまた楽しそうに笑った。

「ちゃんと仕事してるだろう？　でも、ふっと頭の中をリンナが過《よぎ》る時があるんだよ。すると大好きだって気持ちが抑えられなくなって、今すぐ抱きたくなる」

自分を好いていてくれることをちゃんと言葉にしてくれる事実上の夫に、凜奈は嬉しくなるとともに、愛しさがどんどん増していく。

「アレク、大好き」

そう言って自分からキスをすれば、彼の情熱は最高潮に達したのか、アストラーダ王国製の甚平を上下とも脱ぎ捨てて、逞《たくま》しく鍛えられた裸体を月明かりのもとに晒《さら》した。

「リンナ、好きだ。愛してる……愛してる……」

再び唇は重なり、激しい口づけのあと、アレクシスの唇は凜奈の全身を隈《くま》なく舐めて回り、濡《ぬ》れて尖《とが》った乳首を指で摘まんだ。

「やぁ……」

きゅんと全身を駆け抜けた甘い快楽に、思わず背中が撓《しな》った。

そのまま指は可憐《かれん》な乳首を弄《もてあそ》び、アレクシスは両脚の間で蜜《みつ》を零《こぼ》している凜奈の熱を、口の中にするりと呑《の》み込んだ。

「あぁっ……」

両珠の間から、肉茎を下から上へと舐め上げられて、シーツを摑《つか》んだ。

嵩《かさ》の張った先端を緩急をつけられて吸われ、凜奈は自ら腰を浮かせて、もっともっと……と艶《なま》めかしく揺らす。

それが嬉しかったのか、アレクシスの舌技はもっと巧みになり、裏筋を舐められたり、尿道を優しく抉《えぐ》られたり、逃げ出したくなるほどの快感を与え続けられ、凜奈は呼吸をしているのか、喘《あえ》いでいるのかすらわからなくなってきた。

「あぁ、アレク……もういっちゃいそう……」

射精が近いことを伝えると、彼は「いいぞ。好きなタイミングでいけ」と言い、再び凜奈の肉茎を口に含んだ。

「んっ、あぁぁ……ん」

マグマのように体内から愉悦が溢れ出し、凜奈は大きく脚を開いたまま、アレクシスの口内に射精した。

するとアレクシスは凜奈が放ったものを飲み込み、すべてを飲み終えると、満足そうに手の甲で口元を拭《ぬぐ》った。

アレクシスとこういうことをするようになったのは、実に最近のことだ。お妃教育を受けるようになってからだった。

それまでは自分の複雑な立場に自信が持てなくて、彼からの誘いを断っていたということもあるが、魔法使いのオースティンに勝つためには、『真実の愛の石』を量産しなければならない。そうしなければ、大好きなこの国……アストラーダ王国を、守ることができないからだ。

だから凜奈は、精力旺盛《おうせい》なアレクシスの誘いを断ることをしなくなった。

お妃になりたい自分のためにも、この国のためにも、もちろん愛するアレクシスのためにも。

後孔にそっと指を挿入されて、凜奈は誰にも教わっていないが、両膝《りょうひざ》をおずおずと立てた。その方がアレクシスの指も、性器も受け入れやすいからだ。

「んっ、んん……っ」

先ほどの射精ですっかり濡れた後孔は、柔らかく解れ、アレクシスの男らしい指をすんなりと受け入れた。

指は二本、三本と増やされて、ぐちゅぐちゅと卑猥《ひわい》な音を立てながら激しい抽挿を繰り返す。

「あぁ、あぁん」

堪《こら》えていた声も再び漏れ出し、熱く潤んだ内壁を擦られる悦楽に、頭の中が真っ白になっていく。

「アレク……アレク……」

巻き毛を混ぜるように撫でれば、彼のふわふわな狼耳《おおかみみみ》に指が触れた。

実は獣人の性感帯の一つらしい耳を、凜奈は彼が嫌がらない程度にくすぐっていく。するとアレクシスの息遣いは荒さを増し、後孔から指が引き抜かれた。

「まったく、リンナはいやらしいな……」

彼の性感帯を弄《いじ》ったことを揶揄《やゆ》されて、凜奈はぷぅっと頬を膨らませた。

「アレクだっていやらしいこと、僕にいっぱいするじゃない」

「まぁ、確かに」

そう言って笑いながら、アレクシスは自分のものを摑むと、先走りを滴らせた長大で強固なそれを凜奈の中にゆっくりと沈めていった。

「う、ん……んんっ……」

もう何十回とアレクシスを受け入れているのに、この時ばかりは処女だった時のように身体が強張《こわば》る。しかも内臓が持ち上がるような感覚に、いつも戸惑うのだ。

「はぁ……」

長大なそれが収まると、アレクシスはいつも「大丈夫か?」と前髪をかき上げてくれる。

「うん……大丈夫……」

彼を受け入れた腸壁は、嬉しいとばかりに収縮を繰り返す。

そして熱くなった腸壁が、彼を絞めつけたくなるのを凜奈は必死に堪えた。

（まだだ、まだ。アレクを全身で求めていいのはこれから……）

そうすると、凜奈の我慢を察してくれたかのように、アレクシスはゆっくりと腰を前後させてきた。

「あ……」

待ち焦がれていた刺激に、羞恥も忘れて彼の広い背中に抱きつき、腰にも脚を巻きつけた。

「あぁ、あぁぁ、アレク……もっと、もっとしていいから……」

それでもアレクシスが、気を遣いながら腰を打ちつけていることに気づいて、凜奈はもっと激しくとねだった。

「本当に大丈夫か？　お前を壊してしまうんじゃないかと、いつも不安になる」

「大丈夫……だから、もっとして……アレク……」

この言葉に抽挿は激しくなり、熱く潤んだ腸壁も嬉しいと、彼をきゅうきゅうと締めつけてしまった。

「リンナ、そんなに締めつけられたら、もうはててしまうぞ」

「だって気持ち良くて……止められな……あぁん」

訴えると、アレクシスはタイミングを待っていたかのように、凜奈の前立腺《ぜんりつせん》を切っ先で

押し上げてきた。

「ひゃ……あぁん」

その激しい快感に、凛奈は背中を撓らせて、上へと逃げようとした。

しかし細い腰を摑まれると、軽々ともとの位置に身体を引き戻され、さらに前立腺を虐《いじ》められる。

「あぁ、アレクぅ……ア、レ……」

快楽で舌も上手く回らなくなった時だ。

不意に強い射精感が襲ってきて、凛奈は二度目とは思えないほど勢いよく射精した。

するとアレクシスの動きもさらに激しくなり、「うっ」と息を詰めたかと思うと、凛奈の体内を熱いものが溢れるほどに濡らした。

「はぁ、はぁ……」

ずるりとアレクシスは凛奈の体内から出ていくと、ベッドの脇《わき》に用意してあった綺麗なちり紙で腹と股《また》の間を拭《ふ》いてくれた。

そして自身の股間もさっと拭うと、ちり紙を投げ捨て、凛奈の横に転がった。

「ほら、今日も綺麗な『真実の愛の石』ができた」

「本当だ」

二人の間にころりと転がっていた、ハート型の透明な石を手に取ると、アレクシスは月の光に透かすようにそれを翳《かざ》した。

本当に不思議なのだが、行為を行うと、この石はどこからともなく現れる。

凜奈の体内から生まれるわけでも、アレクシスの身体から零れ落ちるわけでもなく、満足したセックスを行うと、どこからともなく石は現れるのだ。

「本当に不思議な石だね」

アレクシスが翳した石を見つめながら言うと、

「まったくだ。一体どこから現れるんだろうな」

と、アレクシスも凜奈と同じ疑問を抱いていることを知る。

今、石は三つある。

しかし一週間に一度、この国を守るための魔法陣の儀式に使われて消えてしまうので、この石たちも砂になる前に、魔法陣の生贄《いけにえ》として消えていくのだろう。

でも、この国を守ることができるのなら、いくらでも石を生産しようと、凜奈は思っている。

以前に比べたら百八十度、考えが変わった。

自分がオースティンに代わってお妃になるのだと、お妃教育を受けるようになってから、自分の考え方は前向きに変わった。

これもアレクシスや詩音のおかげだと思う。

守る者がある者は、ここまで強くなれるのだ。

凜奈はアレクシスの手から『真実の愛の石』を受け取ると、ベッドを下りて、大事に専用の箱にしまった。

周囲をぐるりと真珠で装飾され、留め具がサファイアでできた、青いベルベットの箱だ。

それから二人で戯れながら風呂に入った。

今夜はラベンダーに香りがそっくりな、パチュラという花の石鹸《せっけん》がいいとアレクシスが言うので、それで全身を洗った。

入浴剤もパチュラにするよう侍女に申しつけていたので、今日は癒《いや》される香りで入浴を済ませることができた。

そうして再び詩音が眠る部屋へ戻ると、すっかり布団をはいでいたので、そっと掛け布団をかけ直してやった。

布団に二人で入り、睡眠前に必ず読書をするアレクシスを見つめた。

凜奈には難しすぎる経済の本だ。

その真剣な横顔に、また凜奈は惚《ほ》れ直してしまう。

本当はアレクシスは読書が嫌いらしい。

できれば逃げ出したい。戦場で剣を振り回している方が性に合う……とまで言っている。しかし国王を手伝い、国政を担う者として、アレクシスは毎日大嫌いな読書をして、寝入るまで勉強しているのだ。

そんな彼を見ていたら、自分だってもっと頑張らなければと思ってしまう。

布団からもっふりと出ている狼の尻尾《しっぽ》がまた可愛い。

耳はあっちこっちに動いて、いろんな音を集めているように見える。

しかしこれはアレクシスが真剣に考えごとをしている時の癖で、今も経済の本を読みながら、脳をフル回転させているのだろう。

凜奈は今日、午前中は歌と生け花の勉強をした。

歌も生け花も得意中の得意だったので、授業は順調に終わった。

そして午後は社交界の婦人たちとお茶をした。

朝早く起きて焼いたクッキーは好評で、婦人たちはこぞって食べたがった。

それもそうだろう。

いずれ国王となることが決まっている、詩音の生母だ。その生母である凜奈が、自ら焼いたクッキーを食べたとなれば、それだけで誉れ高いことなのだから。

端整なアレクシスの横顔を眺めていたら、睡魔がやってきて、凜奈は今日もよく働いたな……と自らを褒めた。

するととろとろ……と瞼《まぶた》が重たくなってきて、すやすやと眠る詩音の隣で静かに目を閉じた。

充実した日々を過ごせることは幸せだ。

しかし、その裏で犠牲にしていることもあるし、侍女や従者に迷惑をかけているのではないかと悩んでしまうこともあるけれど、これもすべてオースティンに勝つためなのだと思えば頑張れた。

彼の人となりはよくわからないけれど、あの美貌《びぼう》の魔法使いに勝つためには、今はとにかく頑張ることしかできなかった。

城や国のみなに、自分がお妃に相応《ふさわ》しいと思ってもらえるように……。

第五章　ライバルとの戦い

「そろそろ王城に戻りませんか？」と言ったのは、凜奈からだった。

「王城に戻る？」

「うん。毎日通勤するアレクに『行ってらっしゃい』って言うのもすごく幸せだし、幼稚園へ登園するシオンをお見送りするのもすっごく楽しかったんだけど、そろそろ現実から目を逸《そ》らしちゃいけないって思ったんだ」

アレクシスの部屋で、朝の身支度の手伝いをしながら、真剣な眼差《まなざ》しで彼を見た。するとアレクシスは一瞬驚いたものの、次には笑顔で頷いてくれた。

「そうか。リンナ自身がそう思えるようになってきたのなら、王城へ帰ろう。父上も母上もリンナとシオンが帰ってくるのを待っているぞ？」

「お妃様も？」

魔法使いのオースティンと結婚させたいお妃は、自分を疎ましく思っているはずだ。それなのになぜ？

「そりゃ、最初は嘘だったとしても、シオンは正真正銘俺の子だ。その母親であるリンナは義理の息子だ。言葉には出さなくたって可愛いと思っているんだよ」

その証拠に……と、アレクシスは机の引き出しから、一通の手紙を取り出した。

手渡されたそこには、

『これから季節はどんどん暑くなります。

リンナもシオンも体調を崩さぬよう、ちゃんとあなたが管理してあげなさい。

特にリンナは複雑な立場にいます。

義母として彼の立場に心が痛みます。

だから特にリンナの様子は、気にかけるようにしてあげなさい。

私の今の立場では、直接彼を可愛がってあげることはできないけれど、いつか一緒に旅行に行って、のんびり話をしたいと思います。』

と書かれていた。

「お妃様……」

「みんな口には出さないけれど、リンナとシオンのことを大事に思っているんだ。だからリンナ自身も、自分の身体と心を大事にしないとダメだぞ」

「うん……」

これまで勝手に感じていたメリッサからの圧力は、嫌われているのではなく、現国王のお妃としての立場ゆえだったのだと知り、凜奈は胸がいっぱいになった。

この日も朝から詩の書き方や外交術、品位の身につけ方を学び、午後はアフタヌーンティーで出そうとスコーンを焼いた。

そして、これもお妃になるための修業だ……と思いながら、婦人たちと和やかにお茶会をして、一日が過ぎていった。

そうしているうちにあっという間に時間は流れ、凜奈たちが王城へ戻る前日になった。

詩音が通っている幼稚園は、王城と離宮の間にあるので、このまま通い続けてよいと国王からお許しが出た。

普通将来の国王候補ともなれば、王城の中で幼少期を過ごし、城の外に出ることは滅多にないのだが、これからは幼いうちから社交性を身につけることも大事だと、パブリックな場所での教育に国王も賛成してくれたのだ。

そしてお妃教育の師であるクレア夫人にも城へ通ってもらうことにし、アレクシスの仕事に必要なものも一式城へ移し、一通り手筈《てはず》も整った。

しかし、明日城へ戻ろうという日の夜。

「ないっ！」

凜奈は、『真実の愛の石』を納めている箱がいつもの場所にないことに気づき、普段アレクシスと身体を繫《つな》げている部屋の中を探し回った。

「どうした？　リンナ」

侍女から報告を受けて、今日は仕事をしていたアレクシスがやってきた。

「どうしよう、アレク！　『真実の愛の石』を納めてる箱が見当たらないんだ」

「あの箱は日中は僧侶たちが管理しているだろう？　だから彼らが持っているんじゃないのか？」

「それが……『僕』の姿をした者が僧侶たちのところへ行って、箱を持っていったっていうんだ」

この言葉に、部屋にいた僧侶が「僭越《せんえつ》ながら……」と前置きをして話し出した。

「確かにリンナ様が本堂にお越しになって、箱が必要だから渡すように言われました。そんなことはこれまでに一度もなかったので、みな不思議だなと思ったのですが、明日お城へ帰ることもあり、早めに手荷物の中にしまいたいからと言われ、納得してお渡ししたのです」

「でも僕は本堂に行ってない。それに必要な荷造りは終わっているし……箱は大事なものだから、当日手荷物に入れて持っていこうと思ってたんだ」

「ということは、リンナの姿を借りた者が、箱を盗んだということか？」

アレクシスは顎に手を当て考え込んでいるようだった。

「そうなると犯人はひとりしかいないな」

「犯人って……誰？」

魔法陣を作ることにしか使えない、『真実の愛の石』を盗む人物といったら……。

「あっ！」

凛奈も気づいてアレクシスを見ると、彼は大きく頷いた。

「そうだ、オースティンだ」

＊＊＊

「なぜ私が、ここへ呼ばれたのでしょう？」

離宮の応接間で紅茶を飲みながら、長椅子に座っていたオースティンは、向かいに座るアレクシスと凛奈ににっこりと微笑んだ。

傍らには、オースティンの側近だというランドルが立っている。

「返してもらおうか？」

アレクシスの言葉に、オースティンはなんのことかわからないと、首を傾《かし》げる。

「返すとは一体なんのことでしょうか？」

「しらばっくれるな。犯人がお前だということはわかっているんだぞ。『真実の愛の石』が入った箱を中身ごとすべて返せ！」

語気を強めたアレクシスに、凜奈が「落ち着いて」と縋《すが》った。すると彼も深い息を吐き、少しだけ冷静さを取り戻した。

「それは身に覚えのないことでございます。第一、最近はお二人の仲が良いせいで、魔法陣がこの国に毎日張られ、私たち魔法使いは、僧侶殿の呪術《じゅじゅつ》がなければ、国の中に足を踏み入れることができない状況でございます。そんな中で『真実の愛の石』を盗むなど……不可能でございましょう」

確かに、凜奈が前向きな気持ちになってからは、週に二度は石が作られているので、僧侶たちがそれを使って魔法陣を張っている。

よって、他国の侵攻や、他国の魔法使いが勝手に入国できないようになり、アストラーダ王国の平和は、かなり堅牢《けんろう》なものになったのだが……。

「そこにいる男は誰だ？」

「私のお付きの者です」

「名は？」

「アレクシス様にご紹介するほどの、身分の者ではございません」

微笑んだオースティンにアレクシスは苛立《いらだ》ちを隠せない様子だった。

「そんなことは今はよい！　名は何と申す」

「おぉ、怖い。この者はランドルと申します。小さい頃から面倒を見ている弟子のようなものです」

「その者からは魔法使いの気配があまりしないな？　もしや魔法が使えなくなる代わりに魔法使いの気配を消す魔法をかけたのではないか？」

「ランドルさんには、僕も一度お会いしたことがあります。ね、ランドルさん」

凜奈が穏やかに声をかけると、ランドルは無表情のまま頭を下げた。

「あの時は無礼を働き、申し訳ございませんでした」

そう言って顔を上げると、ランドルはまたすっと背筋を伸ばした。

「この者は私に黙ってリンナ様に会いに行き、アレクシス様と結婚をしないでほしいと勝手なことを申したそうです。その罰として、今は魔力を封じています」

「だからこの城に侵入することも簡単だったのか？」

「あっ！　お兄ちゃん！　どうしてここにいるの？」

「シオン!?」

何かあった時に、すぐに僧侶たちが入ってこられるようにと開けておいた扉から、詩音の声がしてみながそちらを向いた。

偶然通りかかったのだろう、ベビーシッターに手を繋がれた詩音は、親しそうにランドルに抱きついた。

「シ、シオン！　そのお兄ちゃんと知り合いなの？」

「うん、幼稚園に毎日来て、不思議な手品をたくさん見せてくれるお兄ちゃんだよ」

「幼稚園に？」

「そう。だからね、このあいだ折り紙の時間に、『いつも不思議な手品を見せてくれて、ありがとうございます』って書いたお手紙を渡したの。お礼に」

「手紙を渡した？　その手紙に名前は書いたか？　シオン」

「うん、書いたよ。シオン・フォン・アストラディアンって」

最近文字も書けるようになった詩音は、両腰に手を当てて、誇らしげに胸を張った。

「そうか。これで謎《なぞ》が解けたぞ」

アレクシスは大きく頷くと、謎がまったく解けていない凛奈に説明してくれた。

「魔法陣が張ってある間は、他国の魔法使いはこの国へ入ることはできない。しかし魔力

を封じられ、普通の獣人になったランドルは、自由にこの国に出入りができることはわかるか？」

「うん……そこまではなんとなくわかったよ」

まだ『？』をたくさん頭の上に浮かべている凜奈に、アレクシスは順序だてて説明していく。

「そしてランドルは、なんらかの手を使ってシオンが通う幼稚園へ入り込んだ」

「幼稚園の先生は、大道芸人のお兄さんだって言ってた。『ボランティア』っていうのでいろんな幼稚園を回ってるって！」

「なるほど。シオンが通っている幼稚園は神教の幼稚園だ。『ボランティア』という言葉には寛大だ。だからきっと、苦労することなくまぎれこむことができたんだろう……」

さらに納得したように頷くと、アレクシスは立ち上がり、詩音を抱き上げるとランドルから距離を取った。

「そして、手品を毎日見せることによってシオンに不信感を抱かせないようにして、手紙を書かせた」

「うん、お兄ちゃんに『お礼に何がほしいですか？』って訊いたら、『お名前入りのお手紙がほしいです』って言われたの」

「なるほど」

アレクシスは詩音とともに凜奈の隣に腰を下ろすと、ニヤリと笑った。

「王族の名前が入った手紙は、内容を問わずこの国への通行手形となる。だから魔法使いでも、シオンのフルネーム入りの手紙を持っていれば、この国にも、城の中にも入ることができたんだ。魔法陣に関係なくな」

「そうなの？　そんなこと初めて聞いたよ」

「最近は血判のある手紙でないと効力を発揮しないから、名前入りの手紙だけでこの国や城へ自由に入ることはできない。シオン、そのお手紙に、お前の血がつくようなことはなかったかい？」

「うん、折り紙の時間に突然鼻血が出ちゃって。血がついちゃったからその折り紙はポイしようとしたの。でも、それがいいっていうから。だからそれにお手紙を書いて渡したの」

「そういえば、幼稚園から『遊戯中に鼻血を出しました』って、連絡帳に書かれていた日があったな……」

凜奈は数日前のことを思い出し、眉間《みけん》に皺《しわ》を寄せた。

シオンは鼻の粘膜が弱くて、よく鼻血を出すのだ。昔に比べればだいぶ落ち着いてきたが、もっと幼い頃は連日のように鼻血を出していた。

「こうして王族の血液と、直筆のフルネームが書かれた手紙を手に入れたランドルは城に侵入し、凛奈に姿を変えて『真実の愛の石』が入っている箱を盗んだんだな」

「実にお見事な推理ですね。でも証拠はどこにもないでしょう？」

賞賛の拍手をしながら、オースティンは笑った。

確かにここまではアレクシスの推理であって、なんの証拠も物証もない。

しかし、アレクシスの推理は合っていると凛奈は思った。直感的なものだが。

「それで、盗んだ『真実の愛の石』はどうするつもりだ？　オースティン。石は一週間もすれば、ただの砂に変わってしまうぞ」

「仮に私が、ランドルを使って石を盗んだとしましょう。でも、自分で魔法陣も張れる私には、なんの価値もありません」

「そんなことはありませんぞ！」

「カイル」

廊下でずっと話を聞いていたのだろうカイルが、一礼すると応接室に入ってきた。

「『真実の愛の石』は砂になっても、それを服用すれば魔法使いに強大な力を与えます。このことはアレクシス様もご存じないと思います」

「確かに、そんなことは聞いたことがない」

「はい。『真実の愛の石』は、今は滅多に見ることがない、貴重なものでございます。なぜなら各国が魔法使いに頼りきりなのと、『運命の番《つがい》』が、この星にはほんの数組しかいないからです」

だからもうそのことは忘れ去られ、古い文献にしか書かれていないということだった。

「よってオースティン様は自らの魔力を高めるため、『真実の愛の石』が必要となった。だからランドル殿を使って、お二人の石を盗み取る必要がおありだったたんじゃないですか？」

「…………」

これまで余裕な表情を見せていたオースティンは、頭の上にある猫耳を不機嫌そうにパタつかせながら無表情になった。

「確かに私は、魔力を高める必要性に駆られることになりました」

「なぜ？」

アレクシスの問いに、オースティンはふいっとそっぽを向いた。

「現在、社交界ではどのような噂《うわさ》が立っているかご存じですか？」

「いえ……」

凜奈も社交界に出入りするようになっていくらか経つが、オースティンに関する噂など聞いたことがなかった。

「次期お妃はリンナ様に決まりだろう、と。『真実の愛の石』と優秀な僧侶がいれば国は守れる。魔法使いのオースティンなど、もうお払い箱だと」

「そんな……」

確かに自分は、オースティンにお妃の座を渡したくなくて、頑張っている。

家族三人の生活を手に入れたくて、日々努力しているのだ。

だからもし凜奈がお妃に選ばれれば、オースティンは確かにお払い箱なのだが、そんな噂が立っているなど、まったく知らなかった。

「ですが、お恥ずかしながら私もアレクシス様を愛しております。あなた様の成長を使いの者から聞くたびに心が躍り、肖像画や写真が送られてくると嬉しくて、夜も眠れないほどでした」

そう言って頬を赤らめる姿は、本当に恋をする者の姿だった。猫耳が再びせわしなく動き、尻尾の先もパタパタとソファーを打っている。

「だからどんな用事でも、こうしてあなた様にお会いできることが嬉しくて仕方ありません。『真実の愛の石』が入った箱がどこへ行ってしまったのか、私にもわかりませんが、魔力を高めるために必死に努力しているのは確かです」

「オースティンさん……」

「私のような一介の魔法使いが、このようなことを申し上げるのは無礼だと存じておりますが、リンナ様。私もアレクシス様のお妃の座を狙《ねら》っています。あなたには決して負けませんよ」

美しい黒曜石の瞳でこちらを見つめられて、凛奈はドキッとした。それと同時に、彼には負けられないと凛奈も強く思った。

「それではお話は終わったようですね。犯人扱いされたことは悲しかったですが、あなた様に会えてとても嬉しかったです。アレクシス様」

席を立つと、オースティンはランドルに何か耳打ちして、アレクシスに頭を下げた。そうして二人で応接室を出ていくと、馬車に乗って自分の城へ帰っていった。

しかし、その晩は僧侶たちがざわざわとして落ち着かなかった。

不審な力がこの城の中を動き回っているというのだ。

たぶん波動からして、オースティンの側近であるランドルのものだろうと言っていたが、確信が持てなかった。

そして、その日の深夜。

本堂の真ん中に『真実の愛の石』を入れていた青い箱がいつの間にか置いてあった。

中に三つ入っていた石のうち、二つがなくなっていたが、傷ひとつなく箱は凜奈たちのもとへ帰ってきたのだった。

＊＊＊

離宮から帰ってきてからというもの、王城での生活は快適そのものだった。

まだ自分に自信が持てなかった頃は、緊張ばかり強いられていたが、社交界でのマナーや作法を身につけると、緊張などすることは一切なくなった。

それどころか凜奈が生ける花が気に入ったと、今では現お妃のメリッサの部屋にも出入りが許され、一緒にアフタヌーンティーを楽しむほどの仲になった。

「不思議ね。リンナが触れた花は、そこで咲いていた時よりも生き生きして見えるわ。それになんて美しい姿なのかしら。三百六十度、どこから見ても美しいわ」

「ありがとうございます」

今日もこうして講義の間に花を生けにメリッサの部屋を訪ねると、自然と社交界や王城内での話が始まっていく。

時間にすれば三十分ほどのことだが、これがほどよい親交の軸となって、今では二人の間にギスギスした空気はない。

しかし、アレクシスと凜奈の結婚についての話は、一切出なかった。

メリッサは今なおオースティンとアレクシスが結婚した方が、この国を安泰に導けると考えている。

そのため法律を改正して、国王ないし王子は、一人まで側室を抱えることができるとし、リンナとシオンが王城に住めるようにしようとしていた。

しかしこの国は、建国以来数千年の間、一夫一妻制だった。

だから男性王族が側室を抱えることに強く難色を示す貴族議員も多く、国民からも反対の声が上がっていた。

みな、初めてのことには難色を示すものだ。

それによって、自分たちの生活がどのように変わってしまうのか、わからないから恐怖を抱くのだ。

（みんなにそんな不安を抱かせるぐらいなら、やっぱりシオンと城を出て、古城でひっそりと暮らした方がいいのかな……？）

ここまでお妃教育を頑張ってきたというのに、そんな弱気な気持ちになる時もある。

でもそういう時は大きく深呼吸をして、拳《こぶし》を突き上げるのだ。

「絶対に家族三人で暮らすぞ〜っ！」

突然叫ぶ凛奈に、侍女のアリアたちが驚いたりもするが、弱い自分を叱咤《しった》するように、おっとり屋だった凛奈は、自分を良い方へ変えようとしていた。

しかし、ある日の夕食の席で、アレクシスがとても肝心で、誰もが失念していたことを口にした。

「リンナはお妃となるべくマナーからダンス、外交術までありとあらゆる勉強を頑張っています。今では立派な貴婦人だ。けれども競っている相手は名門出身の魔法使い。一体何を基準にして私の妻をお決めになるおつもりですか？　父上、母上」

この言葉に、赤ワインを飲んでいたアンドリューの手が止まった。同じく柔らかいフィレ肉のステーキを、口に運ぼうとしていたメリッサの手も止まった。

「それもそうですわね……」

呆然《ぼうぜん》と呟いたメリッサの目は、ぱちぱちと瞬《まばた》きを繰り返していた。

アンドリューも顎髭《あごひげ》を撫でながら呆然としている。

凛奈も「確かにそうだ……」と思い、ステーキのつけ合わせの人参（のようなもの）を落としそうになった。

「それはやはり議会にかけて、貴族院と衆議院で決めた方がいいのではないか？」

アンドリューが言うと、メリッサは夫を見た。

「貴族院には文字通り多くの貴族がおりますわ。その多くの貴族は社交界でリンナの良さを知っていたとしても、国民の多く……衆議院はリンナの良さを知らないでしょう」

「まぁ、そうだな」

メリッサの言葉に、アンドリューは天を仰いだ。

「それに国民は自分たちの安全を守ってくれる魔法使いを欲しています。ですからきっとオースティンを選ぶものがほとんどだと思います」

「ふーむ」

「そうなれば貴族院と衆議院で票が割れて、どちらとも決めることは難しくなりますわ」

「そうじゃのう……」

アンドリューは「どうしたものかのう？」と腕を組んで黙り込んでしまった。

その時、器用に大人用のナイフとフォークを使って食事していた詩音が、大きな声で元気よく言った。

「おじい様！『こくみんとうひょう』はどうですか？」

「シオンは『国民投票』などと難しい言葉をよく知っておるのう」

可愛い孫にデレデレのアンドリューは、その賢さに目尻《めじり》が垂れている。しかし、この言葉に強く反応したのはメリッサだった。

「それは良いですわね。王城広場にみなに集まってもらって、王城のベランダで、両者に三日間、三十分ずつ演説をさせるのです。それで国民に決めてもらうのが、一番いいのではないですか？」

「国民投票ですか。それならば必ず、リンナかオースティンのどちらかに決まるな」

このアレクシスの言葉に、凜奈はドキドキしていた。

自分たち家族の将来が決まる大事な大事な大一番だ。

この世界へ召喚されたばかりの頃は、一市民として花屋を営み、詩音と二人で静かに暮らしていければいいと思っていたが、今は違う。

確かに社交界での人づきあいは疲れるけれど、それでも凜奈はアレクシスと詩音と家族三人で暮らしたいと今は思っている。

詩音のことだって、堂々と自分とアレクシスの子どもだと言いたいし、アレクシスを愛していると大声で叫びたい。

「わかりました。『国民投票』ですね！」

ナイフとフォークを置くと、凜奈は膝の上できつく拳を握った。

「おかーさん、大丈夫？」

急に緊張し出した母親を心配しているのだろう、椅子を下りて詩音がトコトコと脇にやってきた。

「大丈夫だよ。どんなことがあっても、おかーさんはシオンのそばを離れないからね」

「うん」

詩音も何か不安を感じ取っているらしく、可愛い眉が八の字になっている。

大人たちの感情に子どもは敏感だ。

きっとこの張り詰めた空気を肌で感じて、不安になっているのだろう。

この日はおじい様と一緒に寝る……と詩音が言うので、甘えてくる孫に目尻をでろでろに蕩《とろ》けさせているアンドリューに詩音を任せた。

アレクシスはもう少し仕事が残っているので、先に部屋へ戻っていてほしいと、個人の書斎へ向かった。

メリッサはこれからトランプ遊びの仲間が来るとかで、いそいそと自室へ帰ってしまった。

凜奈はひとり、自室にいた。

不安を打ち消そうと机で本を読んだり、今日習った外交術の復習をしたり、詩を書いたりしたけれども、どれも集中できず、ぼんやりしては「どうしたら演説でオースティンさんに勝てるかな?」と考えてばかりいた。

自分はただの人だ。

アレクシスがいてくれるから『真実の愛の石』を作ることができるけれど、それを抜かせば、魔法使いになど到底敵《かな》わないただの人間だ。

「人間の僕が、どこまでオースティンさんと戦えるのかな……?」

呟いて机から離れると、凜奈はばふんっとベッドに倒れ込んだ。

「国民投票か……怖いな……」

これで負けてしまえばもう二度目はない。

もちろんどんな勝負にも、二度目はないのだが……。

一生懸命勉強しているお妃教育はたぶん無駄にはならないだろうが、凜奈はこの演説合戦で負けたら、古城などに住まず、ひとりでひっそりと花屋をやろうと考えていた。

本当は詩音も連れていきたいが、あの子は大事な次期国王候補だ。この王城で、アレクシスたちに大切に育てられた方がいいだろう。

(大丈夫。これまでいっぱい幸せだったんだもの。ひとりになってもまた生きていける)

そう考えたら涙が零れそうになって、枕に顔を押し当てた。

両親と姉を事故で失って、ひとりで生きていた時期だってあったのだ。

アレクシスとカイルが、空から降ってくるまでは……。

涙を手の甲で拭い、鼻を一つ啜ったところでアレクシスが部屋へやってきた。

「どうした？　リンナ。もしかして泣いていたのか？」

きっと目が赤くなっていたせいだろう。こっそり泣いていたことがアレクシスにバレて、彼がベッドに駆け寄ってきた。

「どうした？　何があったんだ？」

「なんでもないよ、ちょっとあくびしたから。だから泣いたように見え……」

「そんな嘘が夫の俺に通用すると思っているのか？　やはりオースティンとの国民投票が不安なんだな」

力強く抱き締めてくれた彼の胸は、温かくて、頼りがいがあって、やっと凜奈の中から不安が少しずつ消えていった。

「安心しろ。こんなにも頑張り屋のリンナが、負けるはずがない。一緒にどうしたらオースティンに勝てるのか考えよう」

「それでも……それでもね、もしも負けてしまったら、僕、またお花屋さんに戻りたいな」

「そうか、わかった。それならば昼間は花屋をやればいい。夜はシオンと家族三人で過ごそう。お前がもしも負けてしまった時は、俺も一緒に王城を出る」

「だめだよ、そんなこと！　結婚したら、オースティンさんのそばにいてあげなくちゃ！オースティンさんはアレクのことが大好きなんだよ。僕もアレクが大好きだからわかる。一緒にいたいんだよ。朝も昼も夜も大好きなアレクと。だから王城を出るなんて言わないで！」

アレクシスの顔を見上げ、凜奈は語気を荒くした。

同じ男を愛する者として、オースティンの気持ちは痛いほどわかる。

だからせっかく結婚できたのに、夜は愛人のもとへ旦那《だんな》が帰っていくなんて、気が狂うほどの悲しみだろう。

ライバルだけれど……これからお妃の座を争って、ともに戦う相手だけれど。そんな悲しみの中で、オースティンに生きてほしくなかった。

オメガとして子を産み、アレクシスと詩音と家族になってもらいたかった。

もし、演説合戦にオースティンが勝てば……の話だが。

再びアレクシスの胸に頭を預け、凜奈は目を閉じた。

「魔法使いでもない僕は、どんなことを訴えたら国民に支持してもらえるんだろう？」

一番の悩みを吐露すると、アレクシスは優しく髪を撫でてくれた。

「素直にそう言えばいいんじゃないか？　『僕は魔法使いではないけれど、「真実の愛の石」を使ってこの国と民を守ります』と……」

「そうだよね。変に偽るより、素直に事実を述べた方がいいよね……」

この世界へやってきて数カ月。

まだまだ国民としては新参者だけれど、街並みも美しく、海の幸も山の幸も美味しいこの国が好きだ。平和で民も朗らかで、明るい光に満ちたこの国が。

「とりあえず、演説の台本作りに長けている教授に、さっき手紙を書いてきた。リンナの台本を作ってもらうためだ。だから打ち合わせが何度かあるだろうが、時間を使って良い台本を作ってもらってくれ」

「ありがとう、アレク。アレクがそこまでしてくれているんだもの。僕も一所懸命頑張るよ」

こうしてお妃候補を決める方法は、国民への演説による投票となった。

貴族院があっても、この国は民主主義色が強い。法律を決める際にも国民投票が行われるので、この国の民は投票に慣れていた。

だから一番わかりやすく、慣れた方法が良いと、貴族院からも衆議院からも許可が下りた。

それと同時に、オースティンのもとへ『お妃候補は国民への演説と投票で決める』と書かれた手紙が送られた。

しばらくして、

『かしこまりました。リンナ様と対決できる日を楽しみにしております』

と、オースティン側からも返事があったので、こうして正式に対決方法が決まった。

決戦は六月の十日、十一日、十二日と各三十分ずつ。王城のベランダから、王城広場に集まった国民に向けて演説を行い、十五日に投票となる。

「六月十五日が投票の日なんて、運命だな……」

「そうだな。その日はシオンの五歳の誕生日だ」

アレクシスと二人で発条式《ぜんまい》のカレンダーを眺めながら、凜奈は絶対に勝たなければ、と気合を入れ直したのだった。

それから演説合戦が始まる六月十日へ向けて、三週間。

凜奈は、国王が演説を行う時の台本も書いているというファンホー教授のもとで、台本を作り、演説の練習も行った。

ファンホー教授は面白い獣人で、ヤマネコの耳と尻尾を生やし、髪と髭の色は真っ黒で、しかも長い髭を丁寧に三つ編みにしていた。

服装は東洋を思わせるチャイナ服を着ていて、なんとなく凜奈は地球が恋しくなった。

「初めまして、ファンホー先生」

細い目をさらに細めて、四十代後半ぐらいの彼はニコニコと笑ってくれた。

「初めまして、リンナ様。アレクシス様からは、『これまでにない最強の台本を作って、国民の心を捉《とら》えてくれ』と命令されておりますので、ともに頑張りましょうね」

「はい！」

日差しも夏色を帯びてきた王城内のサンルームで、二人は原稿を書き始めた。

凜奈は、自分は無力な人間であること。

そしてこの国にアレクシスの命令によって召喚されたこと。

アレクシスとは『運命の番』で、この国を守ることができる『真実の愛の石』を、生み出すことができること。

それを使って、この美しい国……アストラーダ王国を、本気で他国から守りたいと思っていることを素直に述べた。

ファンホーはそれらを素早くメモし、ふむふむと相槌《あいづち》を打ってくれる。とても話がしやすい人物だった。

「ここまでしっかりとお考えがまとまっているのなら、私もとても台本が書きやすい。それに魔法が使えなくても、リンナ様は『真実の愛の石』という強い武器もお持ちだ。その点をもっと強調すれば、他国からの侵攻に怯《おび》える国民も、安心させることができるでしょう」

「そうですか。よろしくお願いいたします」

しかし二人で演説用の台本を、あーでもないこーでもないと、前日まで直した。

きっとオースティンも国一番の人物を頼って台本を作っているに違いない。凜奈はそう思って、ファンホーと演説一時間前まで練習を続けた。

「もっと顎を上げて、胸を張って。頬が緊張していますよ、そんな作り笑いでは国民に見抜かれます。そう、いい笑顔だ」

胸を張り、前を向き、微笑を浮かべ、国民を安心させる余裕を持ち、自信に溢れた自分を演じるのだ。

本日初日の演説は、凜奈が先行だった。

碧の離宮に滞在しているオースティンは、まだやってきていない。

余裕があるからなのか、それとも今の凜奈のように、ギリギリまで練習に励んでいるのか。

そのどちらかはわからないが、凜奈は明るいオレンジ色のフロックコートを纏うと、鏡の前に立ち、フリルタイを直し、大きく息を吐き出した。

（大丈夫だ。安心しろ。今日はまだ初日だ。何かあったとしても、残り二日で巻き返せる！）

「アレク」

凜奈の緊張を解すように、腰を緩く抱いてきたアレクシスは、黒く絹糸のような髪に、そっとキスしてきた。

「オースティンさん、まだ来ないね」

「そうだな。王城広場はすでに人で溢れている。だから馬車がなかなか入れないのかもしれないな……」

「そうしたら、初めて会った時にみたいに、魔法でびゅーんて来ればいいのに」

「いや、それはできない。今は公平を期すためにオースティンの魔法は封じてある」

「そんなことができるの？」

『真実の愛の石』と僧侶たちの祈祷《きとう》があれば可能だ。だから今は、オースティンもリンナと同じ『ただの人』だよ」

「そうなんだ……」

それを聞いた途端、なんだか心がホッとした。

国民の前ですごい魔法を披露されたらきっと勝てないな……と思っていただけに、今回は魔法なしで、本当に互いの演説だけで戦い合うのなら、勝てるかもしれない。

そう思うと、自信なさげに曲がっていた凜奈の背筋がシャンと伸びた。

「リンナ様、そろそろお時間でございます」

従者に声をかけられ、

「行ってくるね！」

と、凜奈はアレクシスとファンホーに微笑んだ。

「自信をお持ちください。あなたは今、アストラーダ王国で一番輝いている。眩しいほどに」

ファンホーに勇気づけられて、凜奈はこくりと頷いた。

「リンナが世界で一番好きだ。その気持ちに揺るぎはない。どんな時でも俺の心はリンナの心のそばにいる」

「ありがとう、僕もアレクを愛しているよ」

額にゆっくりとキスをされて、背中をそっと押された。

「さぁ、未来のアストラーダ王国のお妃よ、国民の心を摑んでこい！」

この言葉と同時に大きな両開きのフランス窓が開き、王族が演説をする広いベランダへの道が開けた。

（よし、いける！）

凜奈はそう思いながら一歩を踏み出した。

そして胸を張り、肩の力を抜き、自然で余裕のある笑顔を浮かべて、マイク（この国では電機が発達しているので、音響設備も充実していた）の前に立った。

国民から大歓声が湧《わ》き上がった。

王城広場に入りきれなかった獣人は、民家の屋根に上ったり、近隣の飲食店の中から、凜奈の登場を待ちわびていたのだ。

「アストラーダ国民の皆さん、初めまして。僕は地球という世界からやってきた、リンナ・オオモリと申します。次期国王のアレクシス・フォン・アストラディアン様の『運命の番』です。まず、『運命の番』というものをご存じでしょうか？」

終始爽やかな笑顔を浮かべ、『授業法』という方法で組み立てた演説は、『運命の番』や

『真実の愛の石』について、あまり知らない国民にとってわかりやすかったようで、みな話に聞き入り、時には歓声を上げながら凜奈のハキハキとした話を聞いていた。

「それでは皆さん、投票日は六月十五日です。ぜひ投票場へ足をお運びください」

そう締めくくった凜奈に、国民はもう何度目かわからない歓声を上げ、凜奈は手を振りながら部屋へと戻っていった。

「はぁー……」

カーテンが閉められ、国民から視界が遮られた途端に、凜奈は深いため息とともにへたり込んだ。

「大丈夫か？　リンナ」

「おかーさん、すっごくかっこよかったよ！」

そこにはいつの間にかアンドリューとメリッサ、そして詩音まで駆けつけていて、凜奈の演説を聞いていたようだった。

「本当に？　ありがとう」

詩音のフニフニのほっぺたを両手で包むと、凜奈はそのまま愛しい息子を抱き締めた。

まだ膝がガクガクと震えている。

それと同時に緊張から解放されて、身体に力が入らない。

早い話が、腰が抜けてしまったのだ。

「素晴らしい演説でしたよ、リンナさん」

「オースティンさん……」

部屋の扉が開き、拍手をしながらオースティンがやってきた。

背後にはいつものようにランドルが控えている。

「群衆がとにかくすごくて、前半部分は馬車の中で聞かせていただきましたが、実に堂々としたわかりやすい演説でした。さすがあのファンホー先生のもとで勉強されただけある」

「…………」

オースティンは、凜奈がファンホーとともに台本を作ったことを知っていた。

きっと彼には彼独自の情報網があって、そこから情報を得たのだろう。

「オースティンさんも、高名な先生のもとで特訓されたと聞きました。どんなに素敵な演説なのか、僕も楽しみです」

これは嘘だ。吹っかけだ。しかし飄々《ひょうひょう》としたオースティンの顔色が変わったということは、当たりだったのだろう。

「リンナさんも幅広い情報網をお持ちのようだ。そうです。私も自国の演説に長けた先生より教育を受けました。あなたには負けませんよ」

一瞬きらりと黒い目が光ったかと思うと、すぐにオースティンの番がやってきた。

「それではオースティン様。ベランダへどうぞ」

従者の言葉に、オースティンはボウタイを直し、息を深く吸い込んだ。

彼も魔法を封じられてしまえば、ただの獣人なのだ。

か弱き獣人。

しかし、そんな彼は一体どんな演説をするのか。凜奈はアレクと詩音とともに長椅子に腰を下ろすと、彼の演説を今か今かと待った。

「皆さんは、日々安心した生活が送れていると思いますか？　この国には残念なことに魔法使いが一人もいない。国を守護する魔法陣を張ることができる魔法使い。それはあなた方の平和な日常を守る上で、とても大事なものです……」

オースティンの演説は『説得型』というもので、まず疑問や不安をみなに提示したあと、それをいかに解決するか、という提案をする、ある意味オーソドックスな手法だった。

しかし彼のよく通る美しい声と美貌、そして穏やかな笑顔に女性陣はメロメロになり、男性陣は説得力のあるその演説に、深く頷いていた。

（どうなんだろう。どっちの演説の方がわかりやすくて、国民の心を捉えるんだろう？）

凜奈はオースティンの演説を聞きながら、そんなことばかり考えていた。

確かに彼の言うことは、尤《もっと》もでわかりやすく、凜奈の心にも響いた。

自分の演説はどうだったのだろうか。少しでも国民の心に響いたのだろうか。

そんなことを考えていたらオースティンの演説時間の三十分はあっという間に終わり、大きな歓声の中、彼は部屋へと戻ってきた。

「素敵な演説でしたぞ、オースティン殿」

アンドリューの言葉に、オースティンは膝を折った。

「ありがたきお言葉、私の宝物にしたいと思います」

「ええ、本当に。演説時間の三十分があっという間でしたわ」

もともとオースティン派であるメリッサは、パチパチと拍手までしている。

演説を終えたばかりの凜奈だったが、国王夫妻の様子に自信がどんどんそがれていく。

それに気づいたのか、アレクシスがそっと耳打ちしてくれた。

「あれは完全に儀礼的なものだから、安心しろ。演説は、リンナの方が数百倍よかった」

「アレク」

凜奈は隣に座るアレクシスの腕にぎゅっと抱きついた。その様子に、オースティンが少し不満げな顔をしたのがわかった。

「アレクシス様、私の演説はいかがでしたでしょうか？」

さっきの耳打ちを聞いていたかのように問われ、アレクシスのふわふわな狼尻尾が大きく動いた。

「とてもよかったですよ。よほど練習をたくさんされたのでは？　その努力の跡がよく見えました」

「ありがとうございます。あなた様にそう言っていただけると、明日、明後日《あさって》の励みになります」

このあと凜奈とオースティンは、王城の広間で新聞記者の質問に答え、長い一日が終わった。

途端に凜奈はお腹がすいて、料理長に頼んで、今夜はステーキを二枚出してもらうことにした。

オースティンは馬車に乗り、碧の離宮へ帰っていった。

彼は終始笑顔で、余裕の表情だった。

それが本物の笑顔なのか、それとも虚勢を張ったものなのか、凜奈にはよくわからなくて、余計に不安になって、その不安を埋めるようにステーキを二枚、ぺろりと平らげた。

明日も明後日も、今日と同じ演説をする。

遠方からやってくる国民や、今日王城広場に入ることができなかった人たちのために、演説を三日間やるのだ。

明日は今日よりももっと余裕をもって、そして明後日はもっと人々を魅了するような演説を行わなければならない。

風呂に入り、パジャマに着替えて、ベッドの上でそんなことを考えていたら、詩音が一冊の絵本を持ってやってきた。

「おかーさん、今夜はこのご本を読んで」

背の高いベッドによじ登る彼を抱き上げながら、凜奈は『セーラー服カモメ、世界を旅する』という絵本の表紙を開こうとした。

その時、ふいに大きな手が絵本を取り上げた。

「アレク」

「シオン、おかーさんは疲れているから、今夜はおとーさんが絵本を読んでやろう」

「本当に！　嬉しい！」

仕事に忙しく、なかなか詩音の寝かしつけに間に合わないアレクシスが、今夜はすでに甚平に着替え、ベッドの中に入ってきた。

父親が大好きな詩音は、嬉々《きき》として横になった。その身体に、シルクの薄掛け布団をかけてやる。

確かに、今の精神状態で絵本を読んであげるのは辛《つら》いな……と思っていたので、アレクシスの登場はとてもありがたかった。

凜奈は詩音の隣に身体を倒しながら、自らにも薄掛け布団をかけた。

アレクシスの声はいつ聞いても温かくて、優しくて、安心する。特に絵本を読んでいる時は、さらに優しい声音になるので、今日一日緊張し、頭をフル回転させて演説について考えていた凜奈は、愛しい夫の声が子守唄となり、詩音より先に寝てしまったのだった。

翌日も、翌々日も、凜奈は演説を完璧《かんぺき》にこなした。

自分はただの人だけれど、美しい愛しいこの国を守りたいと。

そして次期国王と奇跡的に『運命の番』だった自分には、魔法陣に匹敵する『真実の愛の石』を作り出すことができること。

生まれは花屋で、一市民の生活を十分に知っていること。

ウィットに富んだ会話として、さんまという魚が、自分とアレクシスの恋を成就させてくれたことなども話した。

凜奈の演説には真面目《まじめ》なことも面白いことも織り込まれていて、国民の気を逸らすことなく続けられた。歓声や笑い声が響き、時には『リンナ様、万歳』コールまで出るほどだった。

演説の精度が上がれば上がるほど国民からの支持は熱くなり、オースティンの淡々とした演説とは比べものにならないほど盛り上がるようになった。

新聞も、世紀の演説合戦を連日伝えた。

凜奈が優勢であるとか、オースティンの魔法はやはりこの国には大事だ、など、各紙がそれぞれ独自の意見を述べていた。


国民投票の日。

六月十五日は可愛い詩音の誕生日でもあるので、翌日に祝いのパーティーが開かれることが決まっていた。

しかし、凜奈が敗北した場合は、

「僕のお誕生日パーティーはしないでね」

と、息子にまで気遣われてしまった。

「そんなことはないよ。おかーさんはシオンのために、この国のために、絶対に勝つからね」

と小さな身体を抱き締め、くりくりとした茶色い巻き毛を撫でた。

しかし、内心はドキドキだった。

このまま愛しいアレクシスと詩音のそばにいられるのか。それとも一介の花屋になって慎《つつ》ましくひとりで生きていくのか……。

それは天国と地獄ほどの差があった。

(神様、お願いです！　どうか僕に勝利を……)

投票会場は小学校の体育館が使われ、国民の九割は投票に来たという情報が、従者からもたらされた。

みな、この国の……自分たちの生活に関《かか》わることなので、関心が高いのだ。

それについ数カ月前に、他国からの侵攻も受けている。

この国を、他国から嫁いでくる魔法使いに守ってもらうのか。

ただの人間だが、『真実の愛の石』を作り出すことができる凜奈に任せるのか。

投票は締め切られ、みなが投じた票は、この国で一番大きな寺院の広間に集められた。

部屋の壁沿いに椅子が置かれ、アンドリューをはじめ、メリッサもアレクシスも詩音も開票を見守っていた。もちろん凜奈も。

向かいの壁にはアレクシスとランドル。そして数名の従者が真剣な眼差しで開票を監視している。

投票は朝の九時から夜の七時まで続けられた。

それから開票には四時間近くかかり、詩音は睡魔に勝てず、アレクシスの腕の中で眠ってしまった。

「開票結果が出ました！」

議長がマイク越しに言うと、みなにピリリと緊張が走った。

開票を見物に来ていた国民たちも、ごくりと唾《つば》を飲んでいる。

「オースティン・アベル様、五万四千三十二票。リンナ・オオモリ様、十二万八票。よって次期国王アレクシス・フォン・アストラディアン様のお妃様は、リンナ・オオモリ様と決まりました！」

この言葉に、凜奈は思わず立ち上がり、溢れる涙を止めることができなかった。

「よかったのう、リンナ。これで家族三人、王城で暮らせるぞ」

アンドリューの言葉に、凜奈はひっくひっくと涙で答えた。

「おめでとう、リンナ。これからは国民のために『真実の愛の石』を作り続けるのよ」

メリッサに抱き締められて、凜奈は何度も何度も頷いた。

アレクシスもホッとした表情で、椅子から立ち上がった。

可愛い詩音は、すやすやと夢の中だ。

一方、長年許嫁としてアレクシスを愛してきたというオースティンは、現状を冷静に、客観的に捉えているようだった。

「おめでとうございます、リンナさん。こんなに大差をつけられて当選されたんだ。私はおとなしく身を引きますよ」

「オースティンさん……」

オースティンは手を差し伸べると、握手を求めてきた。だから凜奈も、涙で濡れた手を侍女に渡されたハンカチで拭いてから、彼と握手をした。

大きくて、指がほっそりと長くて、少し体温の低い手だった。

でもこうして彼と握手できて、凜奈は純粋に嬉しかった。

「今度、お茶に誘ってもいいですか？　お友達として……」

凜奈の言葉に、オースティンは大きく頷いてくれた。

「もちろんです。今はまだ心の整理がつかないけれど……でもいつか、一緒にお茶をしましょう。友達として」

そうして二人で微笑み合っていると、投票を見守っていた国民席から大きな声が上がった。

「こんな投票はインチキだ！　国の陰謀だ！　この国の次期お妃に相応しいのはオースティン様に決まっている！」

「何事だ！」

控えていた兵士がやってきて、リンナやオースティンたちをぐるりと囲んで守りつつ、別室へ移動させようとした。

その時、男は大きな水筒に入れていた液体を撒《ま》くと、マッチを片手にした。

「ガソリンだわ！」

「こいつ、焼身自殺を図るつもりだ！」

観覧席の国民もみな逃げ出し、男は大きく震える手でマッチに火をつけた。

そして……。

「そんなことしたらダメなの～っ！」

叫び声がしたかと思うと、男の上に大きな雨雲ができ、強いシャワーのような雨が一か所に降り出した。

「これは明らかに魔法！」

そう思って、みんなでオースティンを見たが、彼は左右に首を振った。

「私はまだ魔法を使える状態にございません。ランドルも同様です」

「じゃあ、誰が……？」

一瞬燃えかけた火は、局所的な豪雨の中であっという間に消えてしまった。

自殺を図ろうとした男も濡れねずみ状態だ。

「よかった」

そう呟いた声の主を、みな驚きの表情で見た。

詩音だ。

しかもアレクシスの腕に抱かれている詩音には、ぴょこんと狼の耳が生え、ふさふさの立派な尻尾まで生えている。

「そうか……今日はシオンの五歳の誕生日だ。だから耳と尻尾が生えたんだ！」

アレクシスの嬉しそうな言葉に、オースティンは驚いた声で言葉を続けた。

「しかもシオン様からは、強い魔力を感じます。これは完全に魔法使いの力です」

「シオンが魔法使い!?」

「はい。もしかしたらアレクシス様と、異世界でお生まれになったリンナさんの間にご誕生したことによって、突然変異で魔法使いになったのかもしれません」

アレクシスをはじめ一同が驚いている中、アンドリューが優しく詩音に話しかけた。

「あの雨を降らせたのは、シオンかい？」

「うん。突然ボッて火が出たから、ダメーって思ったの。だから雨をいっぱい降らせたの。あのおじさんの上に」

「いつから、そんなことができるようになったんじゃ？」

「今だよ。今、ダメーって思ったら雨が降ってきたの」

「シオン、それはすごいことだよ。シオンは魔法使いになったんじゃな」

「魔法使い！　僕が魔法使いになったの!?　本当に？　嬉しい！」

詩音はアレクシスの腕から下りると、キャッキャと広間を走り回った。その周囲には花が咲き、彼の喜びが魔法となって溢れていることがわかった。

焼身自殺を図ろうとした男は兵士に捕らわれて、警察へと連れていかれた。

それと入れ替わるように新聞記者がなだれ込んできて、リンナとオースティンの写真を撮り出した。

「今回の演説合戦の感想をお聞かせください！」

「リンナ様が大差で勝利しましたが、そのことについてお二人とも一言いただけますか？」

「あっ。握手をしていただけると大変嬉しいのですが……ありがとうございます！　良い写真が撮れました」

周囲はあっという間に慌ただしくなり、従者たちは新聞記者が近づきすぎないようにバリケードを作った。

そうして一通り新聞記者の要望に応えると、花を拾って遊んでいた詩音を連れて、それぞれ馬車に乗り込んだ。

「明日は、盛大なパーティーを開かなければな」

馬車に揺られながら、アレクシスが嬉しそうに言った。

「パーティー！　僕のお誕生日パーティーと、おかーさんのおめでとうパーティー？」

詩音はまだ魔力を制御できないらしく、嬉しくなると周囲に花がポンポンと咲き始める。

「そうだ。しかもシオンが魔法使いならば、この国はさらに安泰だな」

「安泰？　安泰ってどういうこと？」

首を傾げた詩音に、凛奈は嬉しくて抱きついた。

「この先も、ずーっとずーっと、シオンたちもこの国も平和だってことだよ」

「そうなの？」

花がまたポポンと咲き、馬車の中はまるで花畑のようになっている。

「しかし、シオンが魔法使いだとしたら、隣国のサルナディア王国の魔法学校に留学しなければな」

「そうだね。こんなに毎日お花が咲いてたら、そのうち王城がお花で埋め尽くされてしまうね」

綺麗な花は、どれも凜奈や詩音が慣れ親しんだ地球の花だった。

中にはアストラーダ王国の花もあったけれど、まだまだ詩音は日本の花を覚えていたらしい。それがなんとも嬉しくて、ほんのちょっぴり哀愁を誘った。


翌日。

国中の貴族が呼ばれ、国民には林檎《りんご》でできた発泡酒が振る舞われ、国を挙げての大々的なパーティーが催された。

玉座の横に座っていた凜奈には、国中の貴族がお祝いの言葉を述べに来て、ワインで乾杯したあとは、食事をするどころではなかった。

五歳になり、立派な狼耳と尻尾が生えた詩音は、アンドリューの膝の上に座っていて、彼にもみなが祝いの言葉を述べに来た。

そのたびに嬉しくなってしまう詩音は、ポンッと咲いた花を貴族全員に配ったので、華やかな会場はさらに華やかになった。

そんな時、挨拶《あいさつ》の場にオースティンがやってきて、今夜国へ帰ること、そして封じられていた魔法を解いてもらったと報告した。

「今回は本当にありがとうございました。お互いに大変な演説合戦でしたけれど、オースティンさんのお話は尤もだと思いながら、いつも聞かせてもらいました」

「いえ、私の演説など……それよりも少し大事なお話をしたいのですが、よろしいでしょうか？」

「はい」

返事をすると、オースティンはアレクシスと凜奈を庭に連れ出した。

六月の夜風は、暑くもなく寒くもなくちょうどよかった。

庭には薔薇《ばら》によく似たパールという花が咲き、紅茶のような良い香りを振り撒いていた。

そこで三人は噴水を囲むように置かれたベンチに座り、オースティンの話を聞いた。

「えっ？　シオンをオースティンさんの弟子に？」

「はい。もちろん魔法学校に通いながらですが。寄宿舎には入らず、我が城で寝泊まりしてもらって、日常的な魔法は私が教えるというのはいかがでしょうか？」

「いかがでしょうか……なんて、とても素敵なご提案だと思います。ね、アレクシス！」

「そうだな、オースティンの城で面倒を見てもらえれば、何かと問題の多い寄宿舎より全然安心だ。ぜひ頼むよ」

「ありがとうございます。シオン様はとても強くて、素敵な魔力をお持ちです。ですから微力ではありますが、私もシオン様やこの国の方々のお力になりたく存じます」

「オースティンさん……」

ワインが入っていたこともあるが、凜奈は感極まってオースティンに抱きついた。

すると優しく抱き締め返されて、髪まで撫でられた。

「リンナ様。私が大好きだったアレクシス様のことを頼みますよ。どうぞ末永く、ご夫婦でお幸せに」

「ありがとう、オースティンさん」

そう言うと、オースティンは凜奈の身体を離し、詳しいことはまた後日決めましょうと言って、風になって消えていった。

その後をランドルや数人の従者も、追いかけるようにして風になり、ふっと消えていってしまったのだった。

こうして詩音は留学という形で、六歳になったら魔法学校に入学し、オースティンに預けられることになった。

その間に帝王学や外交術、経済学や歴史、ダンスや歌や詩や手紙の書き方など、いずれ国王になる身として、勉強することは山のようにあるけれど、真面目な上に頭の回転が速い子だ。きっと立派な王子となって、この国に戻ってきてくれるだろうと凜奈もアレクシスも期待した。魔法使いとしても。

しかし詩音が成人して、この国に戻ってくるまでの間は『真実の愛の石』でこの国を守らなければいけない。

だから凜奈は、アレクシスと愛の行為に励まなければならないのだった。

第六章　素敵な夜明けに向けて

凜奈がアレクシスのお妃になることが決まってから、国は大忙しだった。

婚約の儀式に結婚式の準備。

それに一年後とはいえ、詩音の留学のため、サルナディア王国との国交も強固なものにしなければならないし、純粋に衣服や教材など、詩音が留学するのに必要な物……特に国の威信をかけた一流の物を用意しなくてはいけない。

凜奈もアレクシスも、優秀な息子がより優れて帰ってくることを楽しみにしていた。

それに週末や長い休みの間は、アストラーダ王国の王城に詩音は帰ってくるので、寂しさはそれほど感じなかったが、心配はしていた。

友達はできるかな。魔法学校に馴染《なじ》むことはできるかな。もっと言うとオースティンとうまくやっていけるかな、など。

心配し出すとすべてが心配なのだが、これればかりはやってみないとわからない。

だから凜奈とアレクシスは、まだ幼い息子の社交性と賢さに、賭《か》けるしかなかった。

でも、「辛かったらいつでも帰っておいで!」という気持ちは夫婦共通だった。息子に甘いかもしれないが、まだ六歳という幼さなのだ。そう思えば、誰も二人を責めることはできないだろう。

月の綺麗な夜。

凛奈は大きなフランス窓を開け放った。

すると心地よい風がカーテンを揺らし、部屋の中へとそよそよ入り込んできた。

それが気持ちよくて、パジャマ姿の凛奈がベッドの上であぐらをかき、目を閉じていると、背後から温かい身体に抱き締められた。

「――そうしていると、まるで月の女王のようだ。きらきらと輝いて、美しくて。今にも消えてしまいそうで怖くなる」

アレクシスの甘い囁きに、凛奈はクスクスと笑った。

「僕は消えたりなんかしないよ。ずっとずーっと、アレクが嫌だって言ってもそばにいるよ」

「リンナ、愛してる」

「僕も。アレクのことを世界で一番愛しているよ」

自分を抱き締める腕に頬を寄せると、ふいに横抱きにされて、アレクシスの膝の上に乗せられた。そして唇を重ねられると、凜奈はおとなしく瞼を閉じた。

今日、現国王であるアンドリューから正式な発表があった。

アレクシスと凜奈が正式に結婚したタイミングで、王位をアレクシスに譲るというものだった。

国民への演説を、王城のベランダで行ったアンドリューは、こうも言っていた。

「息子は立派な国王になれるだけ成長した。それをリンナというしっかり者の妻が支えるのだから、儂《わし》が王位を譲ったとしても、この国はなんら揺らぐことはないだろう。むしろ魔法使いの息子もいる夫婦だ。いずれはこの国も、魔法陣を張ることができるようになるし、発展していくことは目に見えている」

王の威厳を放ちながら宣言したアンドリューに、王城広場に集まっていた多くの国民は沸いた。そして未来の国王夫妻に、希望を託したのだった。

唇がゆっくりと離れ、彼は額にも口づけてくれた。

「アレクがとうとう国王様になるなんて、実感がなかなか湧かないなぁ」

クスクスと笑いながら凛奈が言うと、アレクシスも唇を額につけたまま微笑んだ。

「俺もまだ実感が湧かないよ。でも父上は昔から早期引退して、老後は世界中を旅するのが夢だと言っていたからな。これからは母上と二人で、旅行三昧《ざんまい》の日々を送るんじゃないか？」

「そうだね。そうだといいなぁ」

これまで国政を担ってきた二人には、これからのんびりと好きなことをして生活していってもらいたいと思う。

「なぁ、リンナ」

「なに、アレク」

不意にアレクシスは口を開き、凛奈の黒い瞳を見つめた。

「子ども、もうひとり欲しくないか？」

「えっ!?」

「もうすぐシオンもサルナディア王国の魔法学校に留学してしまう。隣国とはいえ、やはり寂しいしな。それに俺には兄弟がいない。だからシオンには兄弟を作ってやりたいんだ」

「アレク……」

凜奈は両腕を彼の逞しい首に回した。

「僕もその考えに賛成だよ。僕にはお姉ちゃんがいたけれど……やっぱりなんだかんだいって兄弟っていいものだよね。いざという時はお互いに頼れるし、将来きっとシオンを助けてくれる存在になると思う」

「そうか、リンナにそう言ってもらえてよかった。ところで今日は発情期……じゃないよな？」

「残念ながら、発情期は来週ぐらいかな？　どうする？　今日はエッチするのやめる？」

少し甘えた声でアレクシスの耳に言葉を吹き込むと、狼の耳がピルピルと震えた。

「とんでもない。今夜も美味しくリンナをいただくよ。あの時のさんまのように」

「バカ」

頬を染めて上目遣いに睨《にら》めば、今度は本気のキスをされて、そっとベッドに押し倒された。

「ん……」

薄いパジャマの上から柔らかな乳首を弄られて、むず痒《がゆ》くて、凜奈は身体をもぞもぞとさせた。

しかし健気《けなげ》な乳首はアレクシスの愛撫《あいぶ》に素直に反応し、ツンと尖り始める。

しかも乳輪まで円を描くようにされて、乳首の周りもぷっくりと膨らみ出した。

「やだ……アレク、しつこい……」

そこばかり弄られるので、甘い疼《うず》きに翻弄《ほんろう》されて、凜奈の息遣いは次第に荒いものになっていった。

するとアレクシスは嚙みつくように凜奈に口づけ、慣れた手つきでパジャマのボタンを外していく。

「いっつも僕ばっかり先に裸にされて……ずるいよ」

ズボンも下着も脱がされて、生まれたままの姿になった凜奈は、アストラーダ王国製の甚平を着ているアレクシスに文句を言った。

するとアレクシスはクスクスと笑いながら、甚平の紐《ひも》をほどいた。

そして逞しい身体を晒すと、凜奈の上にそっと圧《の》しかかってきた。

「これで満足か？　お妃様」

「……うん、満足」

『お妃様』と言われて、今、城の中は凜奈とアレクシスの婚約の儀と結婚式の準備で、てんやわんやなのをふっと思い出した。

しかし太腿に硬く猛《たけ》ったアレクシスの熱を押し当てられて、ハッと現実に引き戻される。

「アレクのって……いっつも思うけど、大きいよね」

思わず口を出た言葉に、自分でも赤面する。

すると、普段は性的なことを滅多に言わない凜奈がそんなことを言ったので、アレクシスは目を丸くしていた。

「そうか？　狼族はもともと身体も大きいしな。そのせいで性器も大きいのかもしれない」

真面目に答えてくれたアレクシスの真摯《しんし》さに再び惚れ直し、凜奈は彼の首に抱きついた。

「確かに。アレクは大きいよね。僕のこと膝の上に子どもみたいに乗っけちゃうもんね」

「そうだぞ。今夜は上に乗ってやってみるか？」

「えっ？」

最初は意味がわからなかった凜奈だったが、じわじわとそれを理解して、顔から火が出るほど熱くなった。

「それはやだ！」

「どうして？　俺はリンナに上に乗ってほしいな」

にやりと笑んだ彼に、凜奈はフルフルと頭を左右に振る。

「あれは恥ずかしいからいやっ！」

「恥ずかしいからいいんじゃないか、その方が燃える」

「燃えるって……あんっ！」

突然アレクシスに乳輪ごと強く吸われて、凛奈は彼の頭を抱きながら、背中を撓《しな》らせた。

ちゅうちゅうと音を立てて吸われた乳輪と乳首はすっかり潤んだ紅色に変わり、指で摘まれると、もっと甘い刺激が全身を支配した。

「やぁ……アレク、もう、いじめないで」

「いじめてないさ。リンナが可愛くて仕方ないんだ。それにリンナは乳首を弄られるのが好きだろう？」

「バカァ……あぁっ」

愛しい夫の粘着質な愛撫に文句を言った途端、もう片方の乳首も吸われて、凛奈はもう枕の端をきつく握りながら、甘美な快楽に耐えるしかなかった。

すると下半身は忠実に反応し、頭を擡げ、腹につきそうなほど肉茎が硬くなると、とろとろと先走りを零し始めた。

「はぁ……あぁ……アレク、下も……下も可愛がって」

「かしこまりました、リンナ様。仰せのままに」

まるで傅《かしず》くように言ったアレクシスは、クスクスと嬉しそうに笑いながら凛奈の赤く潤んだ亀頭を舐めた。

「あぁぁ……ん」

べろりと大きく舐められて、背中がぞくぞくするような悦楽を得た。

根元まで咥《くわ》え込まれ、宝珠を弄りながら頭を上下に動かされると、堪《たま》らない愉悦に全身を支配される。

「あ……気持ちい……アレク、気持ちがいい……っ」

今の状態を素直に言葉にすると、アレクシスの愛撫にも力が入った。

もっともっと凜奈を気持ちよくさせようと、裏筋を舐めたり、亀頭を吸い上げたり、尿道を舌先で割ったりと、あらゆるテクニックで可憐な性器を責めてくる。

「だめぇっ……そんなにしないで……っ」

腰がびくびくと跳ね上がり、凜奈は左右に頭を振りながら、許してくれと懇願した。

しかしアレクシスは許すどころかもっと愛撫する舌や手を巧みに動かし、凜奈を射精まで導く。

「あぁぁん」

白濁をアレクシスの口内に迸《ほとばし》らせ、凜奈は一度目の射精をした。

するとアレクシスは凜奈の精液をすべて飲み込み、満足そうに手の甲で口元を拭った。

それを荒い息を吐き、ぼんやりと眺めていた凛奈は、突然視界がぐるりと動いて、何事かと驚いた。

「ア、アレク!?」

「さぁ、今度はリンナに頑張ってもらう番だ」

嬉しそうに言ってこちらを見上げるアレクシスに、凛奈は耳まで赤くなる。

いつの間にか身体を起こされて、アレクシスのがっしりとした腰の上に座らされていた凛奈は、どうしていいものかと戸惑うばかりだ。

「えっ？　……あの、アレクのを舐めればいいの？」

股間では、熱く猛った彼の熱杭《ねつくい》が、今にも凛奈の中に入りそうな角度で待機している。

「それもとってても嬉しいが、今日はもっと違うことをしてくれ」

「違うことって、やっぱりアレ？」

「そう、アレ」

嬉しそうに微笑んだアレクシスは、凛奈の細い腰を両手で掴むと、後孔から宝珠までの蟻《あり》の門渡《とわた》りを、熱槍《ねつやり》の先端で擦った。

「やぁ、……あんっあぁ……」

アレクシスの先走りによって濡れたペニスは、凛奈の秘された場所を何度もぬるぬると行き来し、堪らない快感を凛奈に与えた。

「あぁ……もう、もうやめて……アレクが欲しくなっちゃうから……あぁっ」

「そうだろう。だからここを刺激しているんだ。俺が欲しくて仕方なくなってきたか？」

「うん……ほしい、アレクの熱がほしい……」

もう我慢の限界だとばかりに訴えると、蜜で潤んだ凛奈の後孔にそっと熱があてがわれた。

「自分で広げられるか？」

「わかんないけど、やってみる……」

そう言うと、凛奈は細い指でそっと自らの蕾《つぼみ》に手をやった。そうして左右に広げ、アレクシスの熱杭の上に腰を下ろしていく。

「入った……けど、これ以上進まない……」

長大で太さのあるそれは、なんとか蕾の入り口を広げることはできたが、それ以上は上手く進まなかった。

「もっと体重をかけて俺の腰に座れ」

「でも、そんなことしたら、アレクが痛かったりしない？」

夫の熱杭の心配をしていると、不満そうにアレクシスが頬を膨らませた。

「俺の性器はそう簡単に折れたりしないから。だからもっと腰を落とせ」

「う、うん……」

言われるがままに腰を落としていくと、アレクシスが欲しいと蠕動《ぜんどう》運動を繰り返していた熱い内壁が、どんどん彼自身を呑み込んでいった。

「あっ……うんんっ……あぁっ」

アレクシスも腰を突き上げるようにして手伝ってくれて、なんとか熱い全長を体内に収めることができた。

「ん……あぁ、もう……身体が勝手に……」

「そうだな。リンナの中が、きゅうきゅうと俺を締めつけてくる」

快感に染まった身体は、もう制御不能だった。

どんなに凜奈が彼を締めつけないようにしても、熱く潤んだ腸壁は、アレクシスが恋しいとばかりに締めつけてしまう。

「あぁ……んん……」

しかもそれが凜奈にとって快感として脳に伝わるので、とても厄介な体位だった。

「やぁ……待って、動かな……で……っ」

太く長大な彼を身体に馴染ませようとじっとしていたのに、腰を摑まれ、アレクシスにずんっと腰を突き入れられた。

「あぁっ！　ダメ……ダメェ……」

快感の波が襲ってきて、アレクシスの鍛えられた腹に手をつきながら、凛奈は身体を反らせた。

「あん、あぁん……やぁ……んん」

腰を突き入れられるたびに最奥にある結腸部分を突き上げられ、全身がドロドロに蕩けてしまいそうな悦楽が襲ってくる。

身体を揺すられて腸壁を刺激され、結腸まで責められて、生理的な涙が溢れて止まらない。

「リンナ……なんて美しいんだ」

快感に翻弄される妻の姿をうっとりと眺めていたアレクシスは、凛奈の肉茎を揉み込むように触ると、突然腰の動きを止めた。

「やだっ、なんで……」

「もうすぐいきそうだったただろう？　リンナの宝珠が硬くなっていた」

「そ、それは……そうだけど」

先走りでとろとろの肉茎を弄られて、凛奈の射精感はもっと強まる。

「さぁ、リンナ。今度は自分で動いてくれ」

「えっ！」

突然の無理難題に凜奈は「無理無理無理無理！」と首を振ったが、アレクシスは凜奈の肉茎の根元を強く握ると、「果てたいのだろう？」と意地の悪い笑みを浮かべた。

「もう……あとで覚えててよ」

凜奈はそう言うと、恥ずかしいのをぐっと我慢して、そろそろと腰を上げた。そしてすとんと落とすと先ほど以上の快感が襲ってきて「あぁ……っ！」と艶《つや》やかな声を上げた。

こうなるともう腰の動きは止まらず、もっともっと……と快感を求めるうちに、アレクシスの男根に、自分から前立腺を擦りつけていた。

「はぁ……ん、あぁ、気持ちい……気持ちいいのが、止まんないよ……」

ぽろぽろと涙を零して喘ぐ姿にアレクシスも我慢できなくなったのか、激しく腰を動かし始めた。

「あぁあっ……あんっ、あぁぁ……あんっ」

求めていた激しい愉悦に、凜奈は堰《せき》を切ったように射精した。

しかし快感は止まらず、凜奈は長い長い絶頂を味わっていた。

「アレク、やだぁ……射精してるからぁ……動かしちゃ、だめぇ……」

凜奈が懇願する姿も、また淫《みだ》らで美しく、アレクシスは何度か強く腰を動かすと、凜奈の中に精を放った。

大量に放たれる狼族の精液は凜奈の中に納まりきらず、毎回こぽこぽと零れてしまう。

それを感じながら凜奈はアレクシスの上から下りると、ベッドに横になった。

「あ……石が」

どこから現れるのか、毎回謎の『真実の愛の石』が、凜奈とアレクシスの間にころりと転がっていた。

アレクシスがそれを大事に拾い上げると、呼吸が整ったのと同時に、真珠で装飾された青い箱の中にしまった。

今のところ『真実の愛の石』が不足することはなかった。

最低でも週に二度は身体を繋げているからだ。

そのおかげといってはなんだが、魔法陣も定期的に張り直すことができ、この国を他国の侵攻から守っている。

とりあえず、詩音が魔法陣を使ってこの国を守れるほどに成長するまでは、凜奈もアレクシスも頑張らなければならない。

そう思うと責任重大で、気が遠くなる気もするのだが、愛し合う時間が始まれば、『真実の愛の石』はすぐにできた。


それから半月後。

王城内の本堂で凜奈とアレクシスの婚約の儀が行われた。

それは厳かで、僧侶たちのお経のような音色をした歌は実に神秘的で、凜奈は胸が熱くなって、思わず涙が零れたほどだ。

やっとアレクシスと婚約できたことも嬉しかった。

厳しいお妃教育を経て、オースティンとの演説合戦を制し、やっと今ここに立てていることが、何より嬉しかった。

結婚式当日は、それはそれは美しい手編みのベールを被《かぶ》り、タキシードとウェディングドレスを足したような白い服を着た。これはメリッサからのプレゼントで、

「一生のうちで一番大事な日ですもの。上質で美しい服で晴れ舞台を迎えなさい」

と言われて、バージンロードへ送り出された。

しかもその日のことだ。

結婚式が始まる一時間前。

アレクシスに応接室へ来るよう、従者伝手《づて》に呼ばれた。

何事だろうと思っていると、そこには想像もしていない人物が、アレクシスとお茶を飲んでいた。

「お父さん、お母さん、それにお姉ちゃんまで……どうして？　あの時、事故で死んだんじゃないの⁉」

驚きに、凜奈はそれ以上言葉が出なかった。

そんな凜奈を、ソファーから立ち上がった両親と姉が抱き締めてくれた。

「私たちは、確かにあの事故で死にそうになったわ。でもね、死の瞬間に魂がこの国に転生したのよ」

「アストラーダ王国に？」

母親の悦子の説明に、凜奈は目を丸くした。

「あぁ。最初は何が起こったのか理解できなかったが、今は王都から離れた小さな町で、花屋をやって生活しているよ」

「お父さん……」

父親の総一郎は、そう言って大きな身体で笑った。

家族全員、亡くなったと思われたあの頃とまったく変わらぬ姿で、この世界と地球では、時間の過ぎ方が違うのだと改めて思った。

きっとこちらの世界の方が、地球より時間が過ぎるのが圧倒的に遅いのだろう。

だから悦子も総一郎も姉の凜音も、あの頃のままなのだ。

「お姉ちゃんは？　元気にしていた？」

「えぇ。私も去年結婚して、今、妊娠四カ月なの。でも凜奈が王子様の子を産んで、お妃様になったなんて……信じられないわ」

「僕も時々、これは夢なんじゃないかって思うことがあるよ。でも頰を抓《つね》っても痛いから、現実なんだなぁって思う」

家族の再会をニコニコと眺めていたアレクシスは、凜奈に「すまなかったな」と一言言った。

「本当はもっと早くリンナの家族を探し出そうとしていたんだが、いろいろバタバタしていたからな。ずいぶん遅くなってしまった。でも結婚式までに間に合ってよかったよ」

家族との再会に思わず涙していた凛奈は、涙を拭いながらアレクシスに訊いた。

「でも、どうして僕の家族がこの国に転生してるってわかったの？」

「この星に住む人間は、大半が地球から転生もしくは召喚された人物だ。だからもしかして……と思ってな。最初は勘でしかなかったが、調べさせていくうちに確信に変わって、やっと見つけ出すことができた」

「そうだったんだ」

「しかもこれからは、王都で花屋をやっていいと言われた」

父親の嬉しそうな声に、凛奈も嬉しくなった。

「本当に！　それじゃあ、会いたい時にすぐに会えるね」

「しかも爵位までもらって、お城も一つくれたのよ。もう働かなくてもいいのに、お父さんったら『働いていないと身体がなまる』って言って……それでお花屋さんを続けることにしたの」

凛音の言葉に、凛奈はお父さんらしいなぁ……と笑った。

「もう永遠に会うことはできないと思っていたから、本当に嬉しいわ。しかもこんな立派な姿になって……」

「お母さん」

ハンカチで涙を拭い出した悦子を、凛奈は抱き締めた。

「ちょっとお母さん、結婚式はこれからよ。泣くにはまだ早いわ」

しっかり者の凜音の言葉に悦子は「そうね」と涙を拭うと、微笑んでくれた。

「アレク、本当にありがとう」

「なに、大事な妻の家族だ。自分の家族も同然と思って探しただけだ」

「うん、本当にありがとう」

こうして父親の総一郎とバージンロードを歩くことができた凛奈は、無事に結婚式を挙げ、正式な国王のお妃となったのだった。

＊＊＊

今日は詩音が留学先のサルナディア王国から帰ってくる日だった。

結婚と同時に王位を継いだアレクシスの妻となった凛奈は、城のどこも自由に使うことが許されているので、調理室の一角でスコーンやクッキーを焼いた。

もちろんこれは十六歳になった詩音のために焼いたものだ。

隣では、小さなエプロンを身に着けた娘の唯花《ゆいか》が、真剣な顔で型抜きを使ってクッキー生地と格闘している。

「おかーさん、どうしてもうまくできない〜！」

べそをかきそうになった唯花を、凜奈はそれとなく手伝ってやる。

「ユイカ。ユイカはもうすぐ十歳になるんでしょ？　だからそんな簡単に泣いてはダメだよ」

「だって〜」

「『だって』もダメ。その言葉は何かを学ぶ時の邪魔になる。だから『だって』も言わないようにしなさい」

「はーい」

詩音よりもずっとじゃじゃ馬で、自分の感情に素直な唯花を育てるのは大変だ。

でもその大変さも、今しか味わえないのだと思うと、凜奈は自然と唯花と過ごす時間が愛しくなってくる。

こうして兄の詩音を迎えるための、お茶会のクッキーとスコーンが焼き上がった。

「おにーちゃーん」

六歳年の離れた兄が大好きな唯花は、中庭にセッティングしたお茶会の席から詩音を見つけると、全力で駆けていった。

「ただいま、ユイカ。いい子にしてたかい？」

「はい！　ユイカはいつでもいい子です！」

詩音の前では良き妹を演じる唯花に微笑みながら、凜奈の家族とアレクシスが揃《そろ》ったところで、詩音のためのアフタヌーンティーが始まった。

笑顔と笑い声に満ちた時間に、凜奈は心の底からアレクシスの妻になれてよかったと思った。

空から降ってきた王子様に驚いた、あの雨の日。

恋に目覚めた瞬間。

美味しいさんまのように、抱かれた夜。

病院で、詩音をひとりで産んだ時の感動。

そして五年間の空白からの、アレクシスとの再会。

人生いろいろあったけれど、今が一番幸せだと凜奈は毎日思っている。

もちろん、国王のお妃としての仕事も大変だ。

でも、今はそれすらもやりがいがあって楽しく思える。

凜奈は唯花の口元についたジャムを拭いながら、この幸せを謳歌《おうか》していた。

木々にとまる小鳥たちが、楽しそうに歌を歌うように。

詩音の日記

『○月×日
きょうからにっきをかこうとおもいます。
なぜならサルナディアおうこくにりゅうがくしてきたからです。
これからおこるたのしいこと。つらいこと。くるしいこと。
そういうことをまいにちかいていきたいとおもいます。』

アストラーダ王国の第一王子であり、魔法使いの弟子である僕の日記は、こんな書き出しで始まる。

それは今から十一年前。

突然、魔力が開花したからだ。

あまりに小さい時のことなので、記憶は曖昧《あいまい》なのだが……。

でも、両親の話によると、たくさんの雨を教会の広間に降らせたらしい。

焼身自殺を図ろうとした、男の命を救うために。

そして嬉《うれ》しいことや楽しいことがあると、ポンポン花を咲かせてしまうので、そういった力を制御させるためにも、僕はサルナディア王国のトーン・ロベルト魔法学校に留学し、オースティン・アベルさんのお城に厄介になっている。


「あ、おはようございます。オースティンさん」

朝、学校へ行く前に食堂室へ行くと、オースティンさんが朝食を食べながら、新聞を読んでいた。

「おはよう、シオン。今日も肌艶《はだつや》が良いね。毎日が充実している証拠だ。いいことだね」

「はい」

僕はオースティンさんの斜め向かいの席に腰を下ろした。

すると侍女長のマーガレットさんが、朝食のハーム（ガレット）を運んできてくれた。

「おはようございます、シオン様。今朝《けさ》はシオン様が大好きなラノンとチン（サーモンとチーズのようなもの）のガレットにしましたよ。ノンラード（サラダ）もちゃんと食べてくださいね」

「あはは……はーい」

野菜嫌いを見抜かれているので、今日は鼻をつまんでもサラダを食べきらないと、学校へ行かせてもらえなそうだ。

茶色い髪をひっつめた、恰幅《かっぷく》のよいマーガレットさんは新人侍女に、「あぁ、それはそうじゃないのよ」と仕事を教えるために、食堂室を慌てて出ていってしまった。

僕は大好きなガレットを食べるべく、嫌いなサラダからやっつけてしまおうと、フォークを手に覚悟を決めた。

すると、

「シオンはフルーツが好きだったね」

と、穏やかな声でオースティンさんに訊《き》かれた。

「はい、大好きです」

なんだろうと思いながら答えると、突然オースティンさんは指をふいっと横へ動かした。

するときらきらとした銀色の光が走って、僕の口元に入っていった。

「さぁ、ノンラードを食べてごらん。美味《おい》しいフルーツの味がするはずだ」

「えっ⁉」

僕は驚いてサラダを口に運んだ。

するとオレンジやリンゴ、サクランボやバナナなど、大好きなフルーツポンチのような味がして、気づいたらサラダを完食していた。

「やっぱりすごいなぁ、オースティンさんは。どんなことだって魔法で解決できちゃうんだもんなぁ」

「人生、『苦痛』や『痛み』は少ない方がいい。『苦痛』も『痛み』も、生きる気力を失わせるからね。だからノンラードが苦手なら、味覚をほんの少しいじってやればいい。そうすれば美味しいフルーツノンラードの出来上がりだ」

そう言って微笑《ほほえ》んだアレクシスさんに、僕は「ありがとうございます」と頭を下げた。

そうして大好物のガレットを口にして、僕は思わず「美味《うま》い！」と叫んでしまった。

アストラーダ王国も食べ物は美味しかったけれど、サルナディア王国も食べ物が美味しい。特に山の幸や川の幸が美味しくて、気を抜くと太ってしまいそうだ。

優雅に紅茶を飲みながら新聞を読んでいたオースティンさんと、些細《ささい》な出来事を話していたら、あっという間に学校へ行く時間になった。

だから僕は制服のジャケットを羽織り、鞄《かばん》を背負うと、急いで箒《ほうき》を手に取った。

「それじゃあ、行ってきます！」

「行ってらっしゃい。慌てて箒から落ちるんじゃないよ」

「はーい」

そう言って食堂室から庭に出て、僕は芝生をトントントンと三回蹴《け》った。

すると身体《からだ》がふわりと浮いて、箒はぎゅーんと青空目指して上昇した。

魔法使いが箒に乗るなんて、絵本の世界のことだと思っていたけれど、本当に箒に乗って空を飛ぶんだ……とサルナディア王国へ来て知った。

なぜなら大勢の魔法使いが空を飛んでいるからだ。

でもそれもここでは日常の光景で、当たり前のことだった。

魔法使いが一人もいないアストラーダ王国にこのことを教えたら、ハンカチを嚙《か》んで悔しがるだろう。

でも、どうしてアストラーダ王国には、一人も魔法使いがいなくなってしまったのだろう。

僕は魔法学校の、箒通学専用のエントランス（学校の三階にある、大きく張り出した部分）に降り立つと、箒を降りた。

「よう、シオン！　おはよう」

「おはよう、オーランド。今日の髪の毛の色は緑色かい？」

そう言うと、友人のオーランド・リンデンバーグは照れ臭そうに鼻を搔《か》いた。えへへ、と笑いながら。

「いけてんだろ？　やっぱこれからは緑だよ」

「でもまた先生に注意されて、職員室に呼び出されるんじゃない？」

「そうしたら魔法で黒髪に戻せばいいだけのことさ。この緑の髪は通学用だよ」

「そうなんだね」

　この言葉がおかしくて、僕は彼と肩を組んで笑いあった。

　オーランドはとてもおしゃれで、独特な感性をしているリンディーノ王国の第一王子だった。

　僕のように五歳の誕生日に豹《ひょう》の耳と尻尾《しっぽ》が生えて、突然魔法が使えるようになったらしい。

　そして六歳の時にこの魔法学校に入学して、隣の席だったことから仲が良くなった。親友と言ってもいいかもしれない。

　オーランドとふざけながら教室の前まで行き、自分のロッカーから教科書を取り出して、教室に入った。

　教室は狭いが階段式になっていて、僕は一番前の席。オーランドは二番目の席だった。

　席順は成績によって決まっていて、成績の良い子から前の席が埋まっていく。後ろに行くほど成績も素行も悪い奴が多い。

こんなにも明確な成績順の席順はあまりよくないと僕は考えていて、生徒会に入っている僕もオーランドも、この席順には反対だと教師陣に何度も訴えてきた。

なぜなら成績はとても個人的なものだし、『君たちは成績が悪いですよ』と後ろに追いやられれば、授業中机の下で何をしているかわからない。危ない薬が横行している……という噂《うわさ》もあながち嘘《うそ》ではないのではないかと思ってしまう。

だから席順はくじ引きで決めた方がいいと何度も言っているのだが、これに反対する優等生グループもいて、なかなか話がまとまらない。

「おはよう、シオン」

「おはよう、シオンくん」

「おはようございます。シオン」

「おはよう」

僕が席に着くと、クラスメートたちが声をかけてきてくれて嬉しい。

自分で言うのもなんだけど、僕は友達が多い方だと思う。

でも初等部の頃はそんなに友達はいなかった。

どちらかというとおとなしくて、本当に仲のいい数名の友達とだけしか話をしていなかった。

友達がいれば学校も楽しい。

本当に心から仲良くなれる数名の友達がいれば、毎日楽しいことだってある。

しかし、カリスマ性をいかに身につけるか、という専門の先生と話をした時に、

「将来国王となるお方が、それではいけません！」

と、言われたのだ。

国王となるべき人間は、クラス中の人間を虜《とりこ》にするような人物でなければ、国民をまとめることなどできませんぞ、と。それを『求心力』というのですよ、と……。

最初のうちはよくわからなくて、「はぁ、そうですか」って思っていたけれど、今ではその大切さがわかる。

学校で人気のあった先輩たちは、国へ帰っても人気のある魔法使いとして大活躍していたからだ。

それから僕は、あまり仲の良くない友達グループにも声をかけ、嫌な顔をされたり、受け入れられたりを繰り返していくうちになんとなく友達が増え出した。

でも挨拶《あいさつ》するだけの友達の方が多くて、本当に仲の良い子は未《いま》だに数名だけどね。

『求心力』を得るって、なかなか難しいなぁ……と思う日々だったりする。

授業を終え、歌の先生が来るから……と友人と別れたあと。

城に帰ると、今日も多くの人が、オースティンさんの魔法に頼ろうと列をなしていた。

オースティンさんは、サルナディア王国ではとても人気のある魔法使いだった。名実ともに。

だからおとーさんと結婚するかもしれない、隣国アストラーダ王国へ嫁いでしまうかもしれない……という時、「隣国には嫁がせないぞ！」という運動が起きたほどだったらしい。

結局オースティンさんはおかーさんに負けてしまって、母国のサルナディア王国へ帰ってきたんだけど。

『○月×日
今日は歌の先生に、「だいぶお上手になられましたね」と褒められた。それだけですっごく嬉しいのに、オースティンさんにずっと習っていた、マグカップをハリネズミに変える魔法も成功して、もっと嬉しかった。

でもこれはまだまだ初期の魔法で、いずれ山を川に変えるだけの大きな魔法へとつながっていくらしい。

想像しただけでも、「僕にそんなことができるのかな?」って不安になるけど、「不安は魔法を勉強する上で、一番の敵だよ」とオースティンさんに教わったので、僕にもいずれはできると信じることにします!』


短い日記だけれど、僕はここへ来てから一日も欠かさずに書いている。

だから分厚い日記帳が五冊にもなっちゃったけど、たまに読み返しては、過去の自分が喜んでたり、悔しがってたり、悲しんだり、嬉しがったりしているのを、思い出しては楽しんでいる。

どんなことも、時間が経てば笑い話になるのだと、この日記が教えてくれた気がする。

まぁ、「日記をつけなさい」と最初に日記帳をくれたのは、オースティンさんなんだけどね。

きっと寂しくて不安ばかりの表情でここへ来た僕を、勇気づけるために日記帳をくれたんだと思うけど。それが今では僕の『良き友達』のような存在になっている。

パジャマに着替えた僕は、もう瞼《まぶた》が閉じてしまいそうなぐらい眠くて、天蓋《てんがい》付きのベッドに倒れ込んだ。

そして布団を被《かぶ》ると、すぐに夢の国へ旅立つことができた。

自分でも、毎日充実しててありがたいなぁ……って思うよ。


ところでみんな、オースティンさんってどんな人、って思ってるかもしれないけれど、オースティンさんはとってもクールで、あまり感情を表に出さないけれど、優しくて穏やかで、いつも僕のことを気にかけてくれる、温かい人だ。

僕を城に引き取って弟子にしてくれたのも、何かと後ろ盾はあった方がいいし、何よりあまり評判のよくない魔法学校の寄宿舎に、僕を入れたくなかったからだって言ってた。

本当にいい人だと改めて思う。

以前おかーさんに、「どうしてライバルに僕を預けたの?」って訊いたことがあったんだけど、おかーさんはニコニコとニョンリーダ（リンゴとバナナのパイ）を焼きながら、

「だって、三日間の演説を聞いて、『あぁ、この人はなんて真摯《しんし》で、真面目《まじめ》で、温かい人なんだろう』って思ったからだよ」

と答えてくれた。

確かに、おかーさんの審美眼は狂ってなかった。

オースティンさんはそのままの人だったからだ。

まだ若かったおとーさんは、オースティンさんの人となりを知ろうともせず、結婚を拒否して大人になり、地球へ留学がてら花嫁を探しに行って、おかーさんに一目惚《ひとめぼ》れしたらしいけど。

もし、ちゃんとオースティンさんの人となりを知っていたら、結婚してたかもしれないなぁ……なんて最近思うことがある。

あ、ちなみにオースティンさんは今、男の子の双子とその妹のおかーさんだ。

旦那《だんな》さんはランドルさんっていって、昔は側近の人だったんだって。でも今は立派な魔法使いになって、何かと忙しいオースティンさんを助けている。

僕の目から見ても素敵なご夫婦で、かかあ天下なところは仕方ないな……と思うけれど、将来、僕もオースティンさんみたいに素敵な奥さんが欲しいなぁと思う。


さて、今日から三日間は連休で学校もお休みになるので、実家に帰ることにする。

僕が中等部に入ってすぐ、オースティンさんに徹底的に教え込まれたのが、魔法陣の張り方だった。

魔法陣を国全体に張っておかないと、他国から武力や魔法で攻め込まれてしまうからだ。

しかもアストラーダ王国は、この大陸で二番目に大きい。だから魔法陣を張るのものの
すごく大変だ。

しかも僕の魔法陣の効力は、まだ一カ月と短い。

それは魔法使いの力量によって期間が決まっていて、オースティンさんレベルになると、
数年に一回でいいそうだ。すごいなぁ、早く僕もそうなりたいよ。

でも魔法陣を張るのはすっごく気力も体力も使うから、翌日はご飯を食べる以外はずっ
と寝てる。そうしないと体力が復活しないんだ。

すごく大変な作業だし、魔法だけれど、僕の存在価値っていうか生まれてきた理由って、
アストラーダ王国を守るためにあるんじゃないかなって思う。

だから頑張る！

国王夫妻であるおとーさんやおかーさんのためにも。

妹の唯花《ゆいか》のためにも。

僕はアストラーダ王国を守るんだ。

でも僕が魔法陣を張るようになってからは、安心して生活ができるようになったって、

街の人に言われるとすっごく嬉しくて、もっと頑張りたくなっちゃう。

魔法をもっともっと覚えなきゃって思う。

山を川に変えることができるほどの、魔法を。


僕は箒に乗って空を飛び、もう母国と言っていいアストラーダ王国に帰ってきた。

馬車や馬を使うとアストラーダ王国まで三日以上かかるけど、険しい山道や川をひとっ飛びで越えることができる箒で行けば、隣国のアストラーダ王国まで、一時間もかからない。

そして王城へ帰ると優しいおじい様やおばあ様、家族が出迎えてくれて、家に帰ってきたなぁ……って気分になる。

実家があるって、ほんといいよね。

『○月×日
きょう、実家の王城に着いた。
帰るとすぐにおじい様が出迎えてくれて、それからみんなでおかーさんが焼いたニョンリーダやパム（スコーンのこと）を食べた。

ユイカは少し背が伸びていて、もっと女の子らしくなっていた。

ピンクのドレスがよく似合っていて、レディって感じだ。

これでじゃじゃ馬じゃなかったら、すぐにでも許嫁《いいなずけ》の王子様が決まってしまいそうなほど、可愛《かわい》い。兄の欲目なしに可愛い。

そして十六歳になった僕も、そろそろお妃様選びを……と、カイルに言われた。

「もうそんな歳《とし》なのか」って、自分でも驚いた。

僕のお妃様は、どんな人に決まるのか。

できれば、おとーさんやおかーさんのように、自由恋愛で相手を見つけたいなぁと思う。』


翌日は朝から僧侶《そうりょ》たちの力も借りて、国全体の魔法陣を張り直した。

僕の魔力はまだまだ未熟だけど、僧侶のみんなが手伝ってくれて、なんとかまた魔法陣を国全体に張ることができた。

「シオン様も、なかなか腕を上げましたなぁ」

と、カイルに褒められて、なんだか照れ臭かった。カイルはもう僕にとってひいおじいちゃんみたいなものだから。

それから部屋へ戻ると、ちょうど侍女長のアリアさんが、僕の部屋のベッドメイキングをしてくれているところだった。

王族の部屋のベッドメイキングをする際は、必ず侍女長か侍従長が立ち会わなければいけないからだ。

「あら、シオン様。儀式はもう終わられたんですか」

「うん、疲れた……」

そう言ってベッドメイキングされたばかりのふわふわなベッドに倒れ込むと、

「それではお飲み物と、何かお腹に入れるものを持ってきますわね」

と、笑顔でアリアさんは部屋を出ていってしまった。

僕はもう眠くて眠くて、瞼がくっついてしまった。

そして次の瞬間目を開けると、日はもう傾いていて、隣では唯花が身体を丸くして昼寝していた。

きっと僕に遊んでもらおうと部屋に来たけれど、僕が寝ていたから一緒に寝てしまったのだろう。なんて可愛いんだ！

そうそう、唯花が生まれた経緯をなんとなく聞いたけれど、僕がいなくなってしまって寂しかったから……とか、おとーさんは言っていた気がする。

でもおとーさんとおかーさんは年中イチャイチャしてるから、そんなことあんまり関係ないんだろうな。

そういえば昔、おとーさんとおかーさんの『真実の愛の石』が入った箱が盗まれた事件があったらしいけど、その話の顛末《てんまつ》が面白くて、僕は今でも忘れられない。

この国には『箱盗み鳥』という名の、大きな鷹《たか》がいる。

その鷹は名前の通り、巣作りをするために、獣人や人間の家に押し入っては、箱を盗んでいくんだけど、おとーさんとおかーさんの『真実の愛の石』が入った箱も、どうやらこの鷹に盗まれたらししんだよね。窓を開けている隙《すき》に。ランドルさんによく似た青年が来たって説もあるけれど、それは謎《なぞ》のままだ。

これは街の人たちの証言から、わかったことなんだけど。

でもおとーさんとおかーさんは、その時の事情もあったけど、オースティンさんとランドルさんが犯人じゃないかと考えた。

その時のおとーさんの推理はとてもよくできていて、オースティンさんは「そうすれば、あの石が入った箱を盗めるか」と感心したそうだ。

しかしこの鷹は、持ち主が騒ぐとわかるという頭の良さを持っていて、元の場所に箱を返すという習性がある。よってこの鷹は『真実の愛の石』が入った箱を慌てて本堂に返したんだろうね。

その時の様子を想像すると可愛くて笑えるけど、よっぽど慌てたのか、石は二個ほどどこかに落としちゃったみたい。


夜、目を擦《こす》りながら唯花と一緒に食堂室へ行くと、オースティンさんとランドルさん、そして双子の息子と妹が遊びに来ていた。

「えっ？　なんでここにいるんですか？」

驚いて駆け寄ると、君の頑張りを称《たた》えに来た……とオースティンさんは言った。

「こんなにも広い土地に、よく魔法陣を張れたね。よく頑張った」

頭を撫《な》でられて、えへへ……とくすぐったい気持ちになった。

そして僕はこの日の日記をこんなふうに書いた。

『○月×日
今日は僧侶の皆さんの力も借りて、魔法陣を張り直した。まるで国全体を洗濯したみたいな気がしてスッキリした。

そうして昼寝していると、いつの間にか可愛いユイカが一緒に寝ていた。きっとすぐに大きくなってしまうんだろうな……と思って、しばらくその可愛い寝顔を見ていた。

それから二人で食堂室へ向かうと、なんとオースティンさん一家が遊びに来ていた！

僕は嬉しくて、「どうしてここに？」と聞いたら「君の頑張りを称えに来た」と言われて、照れ臭かった。でもすっごく嬉しかった。

今日は料理長も腕を振るってくれて、とても美味しく賑《にぎ》やかな夕飯となった。

年の近いユイカとオースティンさんの娘のメロディアンは仲がいいので、夜の庭で花を摘《つ》んで、何やら二人でくすくすと笑っていた。

本当に幸せで、楽しい食卓だった。

こんな日が、毎日続けばいいのに』

この世には僕が知らないこともいっぱいあるけれど、知っていることもほどほどある。

その中で一番大切なのは『幸せ』と『平和』だ。

僕はこれからもこの国を守るために、立派な魔法使いになりたいと思った。

そしていつか第二の母国であるサルナディア王国から、お妃様を迎えたい。

おとーさんとおかーさんのような、大恋愛をして。

あとがき

こんにちは！　柚月美慧です。このたびは『異世界で王子様と子育てロマンス⁉』をお手に取っていただき、誠にありがとうございます。このお話は明るくて読みやすく、読後にハッピーになれることを目指したお話でしたが、いかがだったでしょうか？

私が書くお話は、どちらかというと重たいものが多かったので、今回はめっちゃハッピー♡　を目指してみました。

そして今回も担当してくださった上條ロロ先生。とても素敵なイラストをありがとうございました！　詩音のほっぺたがぷくぷくで、思わずガブリと嚙みつきたくなるほどの愛らしさでした！

そして編集者さんをはじめ、この本が書店に並ぶまで、ご尽力くださいました皆様には、心から感謝いたします。本当にありがとうございました。また拙作をお手に取っていただける機会がありましたら、どうぞよろしくお願いいたします。

柚月美慧

ラルーナ文庫

この本を読んでのご意見・ご感想・ファンレターなどお待ちしております。〒111-0036 東京都台東区松が谷1-4-6-303 株式会社シーラボ「ラルーナ文庫編集部」気付でお送りください。

本作品は書き下ろしです。

異《い》世《せ》界《かい》で王《おう》子《じ》様《さま》と子《こ》育《そだ》てロマンス!?

2021年5月7日　第1刷発行

著　　　者｜柚月《ゆづき》 美慧《みさと》
装丁・DTP｜萩原 七唱
発　行　人｜曺 仁警
発　行　所｜株式会社 シーラボ
〒111-0036　東京都台東区松が谷1-4-6-303
電話　03-5830-3474／FAX　03-5830-3574
http://lalunabunko.com
発　売　元｜株式会社 三交社（共同出版社・流通責任出版社）
〒110-0016　東京都台東区台東4-20-9　大仙柴田ビル2階
電話　03-5826-4424／FAX　03-5826-4425
印刷・製本｜中央精版印刷株式会社

ISBN978-4-8155-3257-4